collection cascade

Du même auteur :

Cascade 9-11

Léo a disparu
SOS urgences

Cascade 11-13

Du respect pour le prof !

Avec Marie Bertin :

Métis

Journal sans faim

ROSELYNE BERTIN

RENCONTRE AU REFUGE

ILLUSTRATIONS DE CAMILLE MEYER

RAGEOT • ÉDITEUR

Collection dirigée par Caroline Westberg

ISBN 2-7002-3187-2
ISSN 1142-8252

1

C'était le mois de mai et, sur le chemin muletier qui menait au refuge, Justin s'essoufflait pour maintenir la distance entre son père et lui. De temps en temps, pour se rassurer, il jetait un regard par-dessus son épaule. Depuis plusieurs jours, le printemps s'emparait de la montagne. Il réveillait les torrents muselés par la glace, débarrassait les pentes de leur vêtement de neige et reverdissait d'un pinceau habile le fond de la vallée.

La Clarée, libérée de la gangue de neige qui l'avait enserrée tout l'hiver, tantôt prenait ses aises entre les berges, tantôt bondissait sur le fond de galets dans des effilochures d'écume.

Le ciel, d'un bleu qui confinait au violet, écorchait la cime des mélèzes, sculptait à vif les sommets des Cerces[1]. Corbeaux et

1. Massif montagneux de la haute vallée de Névache.

corneilles le traversaient, lançant parfois un long appel ; des bandes de pipits leur faisaient écho en poussant des cris aigus ; le long des rives de la Clarée, on entendait déjà les cincles et les bergeronnettes s'activer au rythme d'un « tititt » musical.

Sous les lacets qui s'accentuaient avant d'atteindre les chalets du Serre, Justin vit son père prendre ses bâtons, qu'il avait simplement glissés entre dos et bretelle, les ajuster à la bonne longueur sans cesser pour autant de monter de sa belle foulée longue et régulière. Il se mordit les lèvres, lui n'avait pas pris la précaution de garder ses bâtons à portée de main, ils étaient dans le sac. Il choisit de continuer comme ça et tant pis pour la neige, devenue plus épaisse. Après tout, il venait d'avoir quatorze ans, il était jeune, lui ! Pas comme son père qui fêterait ses quarante ans à la fin de l'année. Ce n'était pas un vieux, non, mais tout de même, rien à voir avec lui qui faisait du sport au collège, du sport en dehors du collège, du ski de fond en compétition, du VTT toute l'année et qui voulait devenir moniteur de ski, ou prof d'EPS, ou entraîneur sportif, ou...

Le chemin sortit du mélézin pour déboucher dans les pâturages. Justin se pencha, cueillit une poignée de neige molle et poreuse dans sa main en conque, l'avala goulûment, sans s'arrêter, recommença. Il avait le visage en feu, la respiration courte et des gouttes de sueur glissaient le long de ses joues jusqu'à son menton.

Après une large courbe, une croix de bois apparut marquant le départ du sentier en balcon qui permet de rejoindre le vallon de Cristol. Puis un toit se profila à contreciel, un deuxième de l'autre côté du chemin. La neige avait glissé le long des bardeaux et formait une masse épaisse au pied des murs. Les pierres étaient dorées par le soleil de l'après-midi. Une plaque d'herbe pelée s'étendait devant la porte.

Justin se jeta sur la petite fontaine. L'eau coulait, si fraîche qu'elle glaçait l'émail des dents, paralysait la gorge. Elle retombait en cascade dans un tronc creusé en abreuvoir. Quand son père le rejoignit, Justin s'était laissé glisser à terre et, sans souci de l'humidité qui sourdait du sol gorgé par la fonte, s'offrait au soleil, les bras en croix, les yeux clos.

– Trente-huit minutes, dit-il.

Bernard ne répondit pas. Après avoir avalé deux gorgées parcimonieuses, il avait rejoint le sentier et s'éloignait.

– Eh! Tu pourrais m'attendre! cria Justin.

Il sauta sur ses pieds, jeta son sac sur une épaule et reprit la trace. Il retrouva son père sur le terre-plein devant le refuge au moment où celui-ci poussait la porte de la cuisine. Le froid leur sauta au visage, en même temps qu'une odeur de pierre, de sciure de bois, de plantes séchées : l'odeur du refuge, composite, attachée aux murs.

– Ça caille ! grogna Justin.

– Tu m'étonnes ! Voilà plus d'un mois que c'est fermé...

– Un mois déjà ?

– Compte ! J'ai tout bouclé une semaine après les vacances de Pâques.

– C'était bien, à Pâques... On a fait des trucs chouettes ! Les trois jours de rando à ski avec Jérôme et son groupe, c'était vraiment super !

– Tu as eu de la chance qu'ils acceptent de t'emmener.

– Tu parles ! Je ne les ai pas retardés, pas une seule fois. On ne peut pas en dire autant de tout le monde ! Le deuxième jour, celui où il y avait trois cols à passer, c'est Séverine qui a gêné le groupe. Il fallait sans cesse l'attendre et on est arrivé au refuge des Drayères au milieu de l'après-midi. Dans une neige dégueulasse, une vraie soupe !

Tout en bavardant, ils avaient largement ouvert portes et fenêtres pour laisser pénétrer la lumière. Bernard faisait le tour du bâtiment, s'assurait que les dernières chutes de neige, abondantes et tardives, suivies de surcroît par trois jours de fœhn, n'avaient causé aucun dommage. Sa main, au passage, caressait machinalement la pierre du soubassement, rugueuse et tiède sous la paume, se souvenait des centaines d'heures de travail qui avaient permis à la bergerie à demi en ruines de devenir ce refuge qui leur appartenait, à Cathy et à lui.

Justin attendait sur la terrasse que son père revienne de sa tournée d'inspection en grignotant une barre de céréales.

– Tout est OK ? demanda le garçon.

– Oui, tout est OK.

– Cet été, on s'installe sous la tente, Victor et moi, comme l'an dernier ?

– Qu'en penses-tu ?

– Super ! Les lits équipés de gros matelas mousse sont confortables, on a de la place, il ne fait pas froid...

– Et vous pouvez comploter loin de notre surveillance.

– Erreur, nous faisons l'apprentissage de l'autonomie.

Bernard rit avant de conclure :

– C'est d'ailleurs la seule solution, Romane et Valentine dormant dans la chambre, enfin… le cagibi qui leur sert de chambre.

– Elle vient encore, celle-là ! grogna Justin en attaquant comme on se venge l'ultime barre chocolatée.

– Je suppose que « celle-là » désigne ta cousine Valentine ?

– Évidemment ! Elle va nous coller, on sera obligé de la traîner partout, elle viendra s'incruster dans notre tente !

– Mais vous serez bien contents, Victor et toi, qu'elle mette la table à votre place, participe à la plonge et prenne largement sa part de la corvée de pluches. Et quand je dis « largement »…

La voix de Bernard resta en suspens et Justin se demanda ce que son père savait des tractations et marchandages de l'été précédent entre Victor et lui, toujours complices, avec Valentine prête à payer le prix fort afin de ne pas être laissée pour compte par son frère aîné et son cousin.

– D'ailleurs, continuait son père, peu importe que la présence de Valentine ne vous plaise pas. À moi, elle me convient tout à fait, parce qu'en pleine saison on ne refuse pas une paire de bras supplémentaires.

– Bon, ne te fâche pas, on supportera Valentine encore une fois !

– Et vous ferez bien... Surtout que, fin août, ta sœur ne sera pas là, il faudra mettre les bouchées doubles.

– Je ne comprends pas ce qu'elle veut aller fabriquer à la mer, cette idiote !

– À la mer, si je ne m'abuse, on se baigne.

– Bof... La montagne, c'est dix mille fois mieux ! Moi, quand j'aurai son âge, je...

– Chut ! Tais-toi ! souffla Bernard.

– Qu'est-ce qu'il y a ?

– Écoute...

Ils s'immobilisèrent. Un tap-tap régulier résonnait là-bas, dans le petit bois où les mélèzes se dressaient comme des squelettes gris alors que, dans la vallée, les branches se couvraient déjà de gros boutons d'un vert tendre.

– Ça alors ! s'exclama Justin. Il est là, il est revenu.

Le pic épeiche continuait à tambouriner, comme il l'avait fait tout l'été précédent.

– C'est chouette !... murmura Justin, il est fidèle, il revient. Tu vois bien que la montagne est la plus belle chose au monde !

Puis, passant à des préoccupations plus bassement matérielles, il demanda :

– Au fait, le salaire est le même que l'an dernier ?

– Le même. Dix euros par jour, logé, nourri. Liberté totale de douze à dix-huit heures.

– Et un jour entier de temps en temps si on veut faire une grande virée ?

– Oui, mais tu sais dans quelles conditions ?

– Je sais. En fonction des réservations et du boulot et interdiction de partir seul.

– Au fait…

– Au fait quoi ? s'impatienta Justin.

– Comme on n'a pas encore signé de contrat d'embauche, si tu préfères aller à la mer…

– Ah c'est malin ! N'empêche, si on te lâchait, Victor et moi, tu serais drôlement embêté !

– Si vous me lâchiez, je trouverais cinquante autres garçons prêts à prendre vos places. Tous les jeunes cherchent des boulots d'été, et rares sont ceux qui en trouvent à quatorze ans. Et puis, vous ne risquez pas de me lâcher, vous avez trop besoin de vos six cents euros.

– Ça c'est vrai ! Mais tu sais…

Justin marqua une hésitation, puis il reprit :

– Même si je n'étais pas payé du tout, comme quand j'étais petit et que je donnais un coup de main parce que je trouvais ça amusant, je viendrais passer deux mois ici à vous aider... Le refuge des Carlines, on y est tellement bien !

Justin se redressa, s'étira dans le soleil. Son visage était hâlé par un hiver à la montagne, son regard brun enthousiaste. Il était déjà grand, bien découplé. Il rejeta en arrière sa chevelure d'un mouvement de cheval qui encense, s'étira une deuxième fois, affirma :

– Les Carlines, y a pas de plus bel endroit au monde. Je sais déjà que je vais y passer un été formidable ! Comme l'été dernier, comme celui d'avant ! C'est ça qui est bien : savoir que ce sera pareil que les autres années !

Non, cet été-là ne serait pas pareil aux autres.

Mais Justin, en ce mois de mai, ne pouvait pas le savoir.

2

– Ce que je peux détester éplucher les carottes ! soupira Victor.

– Si tu crois que c'est mieux de gratter les pommes de terre, bougonna Justin. Regarde mes mains !

Il les tendit vers son cousin : elles étaient profondément tachées de brun.

– Et avec les carottes, tu crois que c'est mieux ?

Ils comparèrent. S'apitoyèrent bruyamment sur leur sort.

– Cessez de vous plaindre, intervint Valentine. Vous avez seulement les mains sales. Ça se nettoie très bien au jus de citron. Tandis que moi, avec les poireaux, je pleure, je pleure, je n'arrête pas de pleurer !

Ils l'observèrent. Elle avait le visage maculé de traces noires et de grosses larmes gouttaient de son menton sur les poireaux coupables qu'elle coupait en morceaux.

– Tu devrais te plaindre pour mauvais traitements, dit Victor.

– Me plaindre à qui ? À tante Cathy ? Elle me dira que, si c'est trop dur pour moi, je peux rentrer à la maison. Merci bien ! Je suis cent fois mieux ici qu'à Briançon. Et puis, y a pas de la soupe de légumes tous les soirs, donc y a pas des tonnes de poireaux à éplucher tous les matins...

– Manque total de réflexion, déclara Justin.

– Ah oui, et pourquoi ? s'enquit Valentine.

– Demain soir, au menu, il y a de la soupe à l'oignon ! annonça Justin.

Les deux autres poussèrent un cri d'horreur.

– Ça signifie des montagnes d'oignons à éplucher, gémit Victor.

– Et à couper en morceaux, compléta Justin.

– On va tous pleurer, conclut Valentine en reniflant vigoureusement.

De l'avant-bras, elle s'essuya le nez, repoussa une mèche blonde qui s'obstinait à lui retomber sur l'œil. Elle était blonde comme les blés, de cette couleur dorée des épis mûrs. Victor l'était pareillement et ils avaient tous les deux les mêmes yeux vert pâle.

– Elle a de la chance, Romane, remarqua Justin, elle n'épluche aucun légume, elle.

Victor opina :

– C'est vrai. Le ménage, c'est nettement plus cool.

– Et les chiottes à nettoyer, vous trouvez ça cool ? demanda Valentine.

Aucun des deux garçons ne répondit : il fallait bien reconnaître que la grande salle à balayer, les dortoirs à ranger, les couchages à changer étaient des tâches plus agréables que l'épluchage des légumes. Par contre, les salles de bain et les W.-C. à récurer n'avaient évidemment rien de très délirant. Mais Victor et Justin ne l'auraient reconnu pour rien au monde. Romane demeurait celle que l'on envie, que l'on jalouse et qui, de plus, gagnait douze euros par jour au lieu de dix.

– Parce qu'elle sert à table, leur rappela Valentine.

– Nous aussi, on pourrait servir à table…

Valentine éclata de rire :

– Pour renverser le plat de viande en sauce, comme la dernière fois ? Rappelez-vous : tante Cathy a dit « Plus jamais ! Ils sont trop maladroits. ».

En ce matin de juillet, installés sur la terrasse dallée avec cageots de légumes et bassines d'eau, les trois commis de cuisine maniaient la répartie à la même vitesse que l'économe et le couteau et, si Valentine n'avait que douze ans, sa langue était aussi bien pendue que celle des deux garçons.

C'était un matin ordinaire, avec soleil bleu Alpes au rendez-vous, un nuage bien rond en train de dériver au-dessus de la vallée et, par moments, le cri d'un merle à plastron blanc ou le martèlement du pic, de l'autre côté du torrent, dans le mélézin. On entendait, à l'intérieur du refuge, Romane s'activer dans les dortoirs. Des randonneurs peu pressés sortaient de la salle, se chaussaient sur le seuil, remplissaient leurs gourdes à la fontaine avant de se mettre en route pour le col de Buffère, le col de Cristol ou le refuge du Chardonnet. D'autres arrivaient de la vallée ou d'un refuge plus lointain, s'installaient en terrasse avec des cris de satisfaction. Cathy abandonnait le fourneau pour venir prendre la commande.

Bernard était parti très tôt pour Briançon avec le quad pour acheter des produits frais. Il lui fallait la matinée et, tous les quatre ou cinq jours, c'était indispensable.

Jean, le berger qui surveillait les bêtes en transhumance, était parti encore plus tôt avec le troupeau en direction du vallon de Cristol. On avait entendu décroître les bêlements, les sonnailles et les aboiements autoritaires des chiens.

La saison battait son plein et les randonneurs se succédaient sans relâche, pour une nuitée ou davantage. Ils arrivaient seuls ou en couple, en groupes parfois et, dans deux jours, un premier groupe de stagiaires s'installerait pour une semaine.

– On a intérêt à demander tout de suite un jour de congé à papa, suggéra Justin. Avant que le stage débute.

– Tu crois qu'il nous l'accordera ? demanda Victor.

– Il sera bien obligé !

– On pourra partir très tôt, juste quand le jour se lève.

– Ouais... On montera vers la pointe de Buffère et on se planquera dans les rochers...

– À contrevent, tranquille...

– On les verra quand ils descendront boire...

– Si on débrouille bien, on pourra les suivre jusqu'à la crête de Baude.

– Tu as apporté tes jumelles ? s'inquiéta Justin. Je ne les ai pas vues dans la tente.

– Évidemment ! Tu me prends pour qui ?

– Te fâche pas. La dernière fois, j'en ai compté soixante-sept.

– Tu l'as déjà répété cinquante fois, remarqua Valentine.

– On t'a sonnée, toi ? dit Victor.

Valentine haussa les épaules. Ce qu'ils pouvaient être fatigants avec leurs bouquetins ! Des bouquetins fantômes d'ailleurs. Il n'y avait que Justin qui les avait vus. En juin, un matin très tôt… C'est ce qu'il affirmait. Tonton Bernard en avait observé quatre, dans le vallon de la Moulette, sous le col de Roche-Noire. Quatre. Pas soixante-sept… Un vrai troupeau ! Un troupeau que Justin avait rêvé. Ou inventé, peut-être ?

3

Il n'était pas encore quatre heures quand, nantis de l'autorisation de Bernard et des inévitables conseils de prudence, Justin et Victor sortirent de leur tente. La nuit avait blanchi, les dernières étoiles se dissolvaient. Une étoffe de brouillard pesait sur la vallée, lançait quelques rubans en direction du col du Vallon dont on distinguait à peine l'échancrure. Ils tirèrent derrière eux la fermeture Éclair, chargèrent leurs sacs à dos et se mirent en route.

Leurs chaussures de montagne imprimaient une trace vive dans la prairie inondée de rosée, écrasant au passage les fleurs que la nuit avait refermées. Ils laissèrent derrière eux le gîte silencieux, s'élevèrent rapidement à travers les croupes herbeuses, suivant scrupuleusement le sentier ou ne s'en écartant que légèrement. Cette montée vers le col de Buffère, ils l'avaient effectuée tant de fois qu'ils connaissaient la moindre rupture de pente, la place exacte des balises rouges et blanches du GR[1], l'instant où surgirait un mélèze et celui où l'on se rapprocherait du torrent.

Très vite, le refuge, la chapelle, le chalet du berger, disparurent à leur vue. Ils étaient seuls dans une aube naissante qui modelait peu à peu le paysage.

Devant eux, des séries de bosses.

Sur leur gauche, le ruisseau.

Sur leur droite, se rapprochant jusqu'à frôler le sentier, plusieurs barrières rocheuses avec, au premier plan, émergeant d'un cône d'érosion, la pointe de Buffère.

Ils montaient depuis presque une heure et n'avaient pas échangé une parole. Victor, qui allait en tête, tendit le bras vers la pointe et demanda sans se retourner :

– On tire par là ?

– OK.

– On s'arrête et on mange ?

– Ah oui alors ! Je crève la dalle !

Ils s'écartèrent du sentier, avisèrent un bloc assez plat qui offrait un siège acceptable, s'installèrent pour y déjeuner. Ils s'étaient préparé la veille au soir des sandwiches XXL sans lésiner sur le nombre.

1. Sentier de grande randonnée.

Pendant un moment, ils mangèrent sans parler, puis Justin dit :

– Ça fait du bien !

Victor demanda :

– Tu as soif ?

Tout en cherchant sa gourde dans le sac, il ajouta :

– Ça caille.

– Ouais, faut mettre un pull.

Ils avaient marché d'un pas rapide et, à présent, la transpiration commençait à sécher sur leurs tee-shirts. Ils les ôtèrent, enfilèrent à même la peau des sweats en polaire et reprirent leur déjeuner.

– Faut quand même pas trop traîner, déclara Justin.

– Cinq heures moins dix, on est dans les temps.

– On repart dans dix minutes, d'accord ?

– Ça marche...

Très peu de paroles leur suffisaient, ils se connaissaient bien. Nés à quelques semaines d'intervalle, ils avaient tout partagé dès le landau. Un mot, un regard, un lambeau de phrase, scellaient leur accord.

Dix minutes après, ils repartirent, obliquant résolument plein sud-ouest, gardant en point de mire l'éboulis qui descendait de la pointe de Buffère. La pente s'était redressée et leur souffle se faisait court.

Ils entreprirent de progresser au milieu de blocs. Justin tendit le bras, murmura :

– Regarde !

Le soleil était sur le point de poindre derrière la crête de l'Échaillon. Ils s'arrêtèrent, des paillettes de feu plein les yeux.

La première marmotte siffla, une autre un peu plus loin : l'alerte était donnée, les intrus signalés par les sentinelles.

Ils contournèrent un éperon, escaladèrent un petit passage facile et débouchèrent sur un collet herbu totalement insoupçonnable du bas.

– Alors ? interrogea Justin.

– Super ! Un vrai palace.

Ils entreprirent d'installer leur poste de guet, avec une efficacité qui prouvait une longue habitude. Ils avaient vidé leurs sacs, ôté leurs polaires mouillées, mis à l'ombre d'un rocher leurs provisions et placé à portée de main jumelles et appareil photo. Torse nu dans le soleil levant, ils croquaient des pommes.

– S'ils descendent de la crête de Tête-Noire jusqu'au petit col, on sera aux premières loges, dit Justin.

Victor regarda sa montre :

– Six heures moins dix, c'est le bon moment. Ils auront mangé toute la nuit, ils auront envie de boire.

– Y a le lac, juste en bas, plus deux ou trois torrents. S'ils y descendent, ils passeront à trente mètres de nous... Et on est invisible et complètement à contrevent, tu comprends ?

– Ouais... Vraiment super, ton mirador. Et quelle vue !

Le regard prenait en enfilade un cirque immense dont les gradins étaient constitués par un éboulis impressionnant, suivant fidèlement le mur rocheux avant de s'amenuiser puis de disparaître.

Les marmottes s'étaient tues.

Les deux garçons aussi.

Offerts à la caresse du soleil, adossés au rocher, ils semblaient somnoler, mais ils étaient aux aguets. Ils portaient leurs jumelles en bandoulière autour du cou et avaient ôté les couvercles des œilletons. Ils attendaient.

De temps en temps, l'un d'eux soulevait les jumelles jusqu'à ses yeux, balayait une partie du paysage, s'attardait sur quelque chose qui avait bougé ou qu'il avait cru voir bouger.

– Alors ? demandait l'autre.

– Bof, rien. On croit toujours qu'on a vu une ombre, une forme...

– C'est vrai.

Ils reprenaient l'affût, s'interdisant de jeter un regard à leur montre. Les minutes s'écoulaient.

Soudain, un cri traversa l'espace. Du même mouvement rapide, Victor et Justin fouillèrent le ciel, braquèrent leurs jumelles sur le chocard qui passait à tire-d'aile. On voyait parfaitement son bec jaune, ses pattes très rouges. Il amorça un virage, s'éloigna, disparut.

Au même instant, une pierre roula sur la gauche, heurta les rochers avec un bruit mat.

Les garçons retinrent leur souffle.

Les bouquetins arrivaient !

4

Les silhouettes massives des bouquetins se profilaient au sommet de la crête. À contreciel dans le matin jeune, ils avançaient à la file indienne, cornus, puissants, et la beauté du spectacle laissait les deux cousins sans voix.

Rivés à leurs jumelles, les garçons suivaient passionnément la progression de la harde, se demandant où et quand les bêtes descendraient – car elles allaient descendre, évidemment.

Tout à coup, l'animal de tête fit un brusque écart avant de se laisser glisser dans une cheminée, bondissant d'une paroi à l'autre avec une légèreté et une aisance que n'aurait pas laissé soupçonner sa masse imposante. La harde le suivit, dans un ballet inattendu.

Quelques minutes plus tard, elle était au bas de la falaise et traversait résolument le pierrier[1] en direction du lac, à moins de quarante mètres des garçons.

– Y en a trente-huit, articula Victor. Certains sont énormes !

– Oui… Celui de tête, surtout. Et puis les deux qui se sont arrêtés, là-bas, à gauche. Ils ont des cornes fantastiques ! Recourbées jusqu'au milieu de l'échine.

– Je suis sûr qu'elles mesurent pas loin d'un mètre.

– C'est une harde de mâles. Il y a des jeunes de trois ou quatre ans et des vieux boucs. Tu as remarqué ? Ils sont plus sombres.

– Mais les femelles, alors ?

– Ailleurs, une autre harde, toutes ensemble, avec les chevreaux. Je me demande si…

– Justin ! Regarde celui qui vient de se détacher du groupe, regarde !

– Il est énorme. Un monstre !

– Et ses cornes, non mais tu as vu ses cornes ! Je suis sûr qu'elles dépassent le mètre…

– Une splendeur… Annelées, magnifiques !

– Je me demande combien elles pèsent…

1. Vaste terrain accidenté, constitué de blocs de pierre de grosseur variable.

Justin avait fait la netteté sur le vieux mâle et suivait sa progression vers le petit lac dans lequel venait mourir le pierrier. L'autre rive, plus humide, était enclose dans un tapis de linaigrettes.

Victor et Justin virent les trente-huit bouquetins se désaltérer longuement, secouer dans le soleil des perles d'eau, puis s'éloigner en arrachant au passage des touffes d'herbes et des fleurs. Deux jeunes, au pelage plus clair, esquissèrent un combat, par jeu, ce n'était pas l'époque. On entendit plusieurs fois leurs fronts claquer l'un contre l'autre avant qu'ils ne se séparent. Ils rejoignirent la harde qui, à la queue leu leu, remontait à mi-pente.

– Ils vont passer la journée à dormir à l'abri des rochers, souffla Justin.

– Tu crois qu'ils reviendront demain ? On n'a pas fait une seule photo.

– C'est vrai. On était tellement occupé à les observer qu'on n'y a pas pensé.

Victor saisit l'appareil, colla son œil au viseur, régla la distance. Après quelques secondes, il le reposa en haussant les épaules.

– Ils sont trop loin maintenant.

Il soupira :

– Et puis ce zoom est vraiment insuffisant pour obtenir des résultats.

Il murmura :

– À la fin de l'été, dès que tonton me paie, je m'achète le Canon avec un objectif de 300 mm.

– Il coûte combien ?

– Cinq cents euros.

– Il ne te restera pas grand-chose !

– Tant pis. Ce qui est dommage, c'est que l'été sera fini. J'aurais bien aimé l'avoir maintenant...

– Demande une avance à mon père, suggéra Justin.

– C'est presque toute ma paie qu'il faudrait que je lui demande d'un coup. Il ne voudra jamais.

Victor rêva un instant :

– Après, je participerai à des concours. Et puis, dans deux ans, je déposerai un dossier pour obtenir une bourse pendant les vacances. Il faut avoir seize ans. Je ferai un grand reportage... En Afrique ou en Alaska...

Justin approuva :

– Photographe, c'est chouette comme métier !

– Photographe animalier, corrigea Victor.

Puis, sans transition, il reprit :

– Je me demande si les bouquetins empruntent le même itinéraire tous les jours. Ça vaudrait peut-être le coup de remonter demain matin ?

Justin rit silencieusement avant de déclarer :

– Toi, tu t'en veux de ne pas avoir fait de photos !

– C'est vrai, surtout qu'à un moment ils n'étaient qu'à trente mètres de nous.

– Si près, tu crois ?

– Certain.

– Mais on bosse, demain.

– Je le sais bien... Écoute, aujourd'hui on a mis moins de deux heures pour parvenir jusqu'ici, et encore, on s'est arrêté pour manger. Demain, on se lève à cinq heures, on part légers et on grimpe en courant. À six heures, on est sur place. À sept, on repart.

– Même sept heures et quart. Trois quarts d'heure pour redescendre, c'est suffisant. On lâchera le sentier avant le dernier virage et on coupera par les prairies pour regagner la tente en douce.

Les bouquetins traversèrent le pierrier avant de contourner la combe. Les garçons suivirent leur progression jusqu'à ce que le dernier disparaisse derrière la crête de Baude.

– Et maintenant, qu'est-ce qu'on fait ? demanda Victor.

– On mange ?

– Ah oui, j'ai les crocs. Et après ?

– Après, je te propose une bonne sieste !

5

Ils avaient mangé et dormi. Puis ils avaient observé aux jumelles deux chocards et une colonie de marmottes, photographié quelques gentianes et décidé que, puisque rien ne les obligeait à revenir aux Carlines avant dix-neuf heures, ils allaient se faire une petite virée.

– Du côté de Roche-Noire ? proposa Victor. On verra peut-être d'autres bouquetins.

– Je ne crois pas. À cette heure-ci, ils dorment tous. Et puis, grimper au col de Roche-Noire, ça veut dire redescendre sur le Chardonnet et se taper ensuite le retour par le bois. Tu y tiens vraiment ?

– Bof… Tu préfères monter à Buffère ?

– Plutôt, oui, et faire le tour du Grand Aréa[1], par exemple !

1. Massif rocheux dominant la Porte de Cristol et le col de Buffère.

– Ah oui, super ! Et rejoindre Cristol[1] !

– Et peut-être que plus bas, vers les lacs, on retrouvera les marmottons[2] de la dernière fois.

– Alors là, on se fera un festival de photos !

– Un peu, oui !

Ils se coupaient la parole, enchantés par leur projet.

Ils bouclèrent leurs sacs aux flancs nettement plus creux que le matin et se lancèrent dans la pente pour rejoindre le GR 57 en direction du col.

Quand ils regagnèrent le refuge, ils avaient marché tout leur soûl, tiré le portrait aux habitants de Marmotteville, bu à chaque torrent de rencontre et attrapé les plus beaux coups de soleil qu'on puisse imaginer. Ils avaient les lèvres craquelées et l'estomac dans les talons.

Ils étaient prêts à raconter leur belle journée à qui voudrait bien les écouter, mais dix randonneurs imprévus s'étaient annoncés, quatre autres s'étaient trouvés tellement bien aux Carlines qu'ils avaient demandé s'ils pouvaient y rester au lieu de redescendre dans la vallée et, en fin de compte, le chalet était complet. Cathy et Romane

1. La Porte de Cristol permet de passer de la vallée de la Clarée à celle de la Guisane.
2. Nom désignant le bébé marmotte.

servaient et Valentine, auprès de qui ils espéraient trouver une oreille complaisante, était à la plonge.

– Dès que vous aurez mangé, venez donc lui donner un coup de main, dit brièvement Bernard qui se démenait devant le fourneau.

Le souvenir des marmottes joueuses et des trente-huit bouquetins se dilua dans l'eau de vaisselle.

Le lendemain matin, ils bondirent à la première sonnerie du réveil, commencèrent à s'habiller dans l'obscurité.

– Mince ! Je ne trouve pas ma deuxième chaussette, grommela Victor.

– Si tu éclaires, masque la lumière, papa est tout à fait capable d'être réveillé. S'il savait qu'on part en reportage photo au lieu de dormir...

– Du moment qu'on revient à l'heure et qu'on fait notre boulot, c'est pas son affaire ! Ah, la voilà !

Victor enfila la chaussette enfin retrouvée et se glissa hors de la tente derrière Justin. Ils partaient légers : en tennis, avec un mini-sac à dos contenant jumelles, appareil photo et une poignée de barres de céréales.

L'instant d'après, ils s'élançaient, se propulsant avec leurs bâtons.

Ils arrivèrent au collet peu avant l'aurore.

– Quarante-sept minutes ! lança Victor, tandis qu'ils reprenaient leur souffle.

– Pas mal ! En tout cas, on est là avant lui...

Et Justin désigna l'est où une lumière diffuse, d'un beau rose orangé, auréolait la crête la plus proche et annonçait le lever du soleil.

Comme la veille, et mieux que la veille, ils organisèrent leur poste de guet : séchage des tee-shirts, enfilage des sweats, réglage des optiques et du zoom...

– Ils peuvent venir maintenant, chuchota Victor.

– Regarde, ils arrivent.

Comme la veille, les bouquetins se silhouettèrent tranquillement sur l'arête puis s'élancèrent dans la brèche, avec une légèreté confondante. Les garçons s'attendaient à chaque instant à les voir passer cul par-dessus tête, entraînés par la pente et par leur poids, mais ils se recevaient en souplesse, rebondissaient et recommençaient.

Victor avait délaissé les jumelles et les mitraillait avec enthousiasme.

– Fais-en quelques-unes du vieux mâle, lui souffla Justin.

– T'inquiète, il est dans la boîte. Mais si le cœur t'en dit…

– Non, non, je te fais confiance. Moi, je me contente de regarder.

En appui sur les coudes et bien calé contre une table de roche, Justin observait la progression d'une bête, d'une autre et, de temps en temps, suivait en enfilade le vallon dans lequel la harde progressait.

Il s'écarta de son sujet, balaya plus largement. Sur sa droite, quelque chose avait bougé. Il fit la netteté, retint une exclamation. Il chuchota :

– Dis donc, Victor, y a un type qui vient d'arriver.

– Ah bon ? Quel genre de type ?

– Un randonneur avec un sac à dos. Il l'enlève, il le pose. Il est habillé en kaki, genre armée. Son sac aussi est kaki.

Victor lâcha l'appareil photo, saisit ses jumelles, questionna :

– Il est où ?

– Complètement à droite, à l'entrée du vallon.

– Ah oui, je le vois ! Ah, il sort ses jumelles… Tu crois qu'il peut nous repérer ?

– Non, impossible. Nous sommes bien plus haut que lui et complètement masqués par les rochers en surplomb. Tiens ! Il a déjà fini, il range ses jumelles. Mais il sort... Mince ! Tu as vu ce qu'il a sorti de son sac ?

– Non, je suis revenu aux bouquetins. Je m'en fous du type.

– Il a sorti un pied, ce veinard.

– Un pied ? Photo ?

– Ben ouais... Avec un pied pareil, il va installer un 400 mm peut-être, ou une longue-vue. En tout cas, il doit être sacrément équipé !

– Bave pas d'envie comme ça, ça te dégouline sur le menton !

– Qu'est-ce que je disais ? Il sort un étui. Oui, c'est sûrement une longue-vue.

– Ben on s'en fout. Arrête avec ce type, Justin ! On s'est levé à cinq heures pour les bouquetins, pas pour...

– Regarde, Victor !

La voix soudain blanche de Justin fit tressaillir Victor. Il bégaya :

– Que... quoi ? Qu'est-ce qu'il y a ?

– Le type, ce n'est pas une longue-vue qu'il a fixée sur le pied ! C'est un fusil.

– Quoi ?

– Oui, un fusil. Il était dans l'étui, en deux morceaux. Le canon et la crosse...

– Mais c'est dingue ! Et… Justin… Tu as vu ? Il met une lunette. Il…

– Ouais, ce type ce n'est pas un randonneur, c'est un braconnier !

6

Insoucieuse de la menace qui pesait sur elle, la harde continuait à se diriger vers le lac.

Beaucoup plus bas, une marmotte siffla vigoureusement.

Le soleil lança sa grande langue chaude en direction du collet où étaient embusqués les garçons.

– Il va descendre des bouquetins, ce malade ! Qu'est-ce qu'on fait, Justin ? haleta Victor.

– Tu prends toutes tes affaires, tu redescends en douce sur quelques mètres, tu restes planqué et tu surgis dès que tu m'entends crier, d'accord ? Allez, vas-y ! Grouille-toi !

Victor obéit sans chercher à comprendre.

Justin enfila les bretelles de son sac, attrapa ses jumelles et s'élança sur l'éperon qui protégeait leur observatoire. Il se dressa, agita frénétiquement ses bâtons en direction de Victor tout en hurlant :

– Victor ! Dépêche-toi. Qu'est-ce que tu fabriques ? Regarde ! J'ai trouvé un coin super !

– J'arrive ! Crie pas si fort, je ne suis pas sourd ! hurla son cousin à son tour en se hissant bruyamment sur un rocher.

– Oh dis donc, tu as vu toutes ces bêtes qui se sauvent ? Qu'est-ce que c'est ?

– C'est sûrement des chamois ! Paraît qu'y en a plein par ici ! On a dû les déranger…

– C'est dommage, c'est joli comme bestioles ! Dis donc, ils se taillent drôlement vite !

– Eh ! Justin ! Viens plutôt me rejoindre, toi ! Regarde comme on sera bien !

– OK, j'arrive ! Je vais faire des photos !

– Tu as intérêt à te grouiller, tous les chamois se barrent !

Justin, en quelques bonds, rejoignit son cousin.

– C'est bon, dit Victor à mi-voix, tu peux arrêter ton cirque, le tueur s'est tiré.

– Y a longtemps ?

– Pendant que tu criais, il a tout plié et il a disparu.

– Les bouquetins aussi ont disparu.

– C'est déjà ça, soupira Victor en se laissant tomber dans l'herbe.

Il ajouta :

– Tu te rends compte ! En plein mois de juillet, on tombe sur un chasseur ! Alors que l'ouverture de la chasse est en début septembre et que le bouquetin est un animal protégé. Il est malade, ce type, complètement malade ! Qu'est-ce qu'il cherche ?

– Un beau trophée qu'il fixera au-dessus de sa cheminée ou qu'il revendra pour se faire de l'argent. Rappelle-toi ce que disait le garde, l'autre soir, quand il a soupé au refuge : des bêtes disparaissent régulièrement. Il avait effectué plusieurs comptages et les chiffres ne concordaient pas.

– C'est vrai, et il a ajouté qu'il avait à l'œil deux ou trois types dont les allées et venues n'étaient pas très claires.

– Et Jérôme, au printemps, il encadrait un groupe de skieurs, ils ont croisé les traces d'une harde de bouquetins et, tout à coup, il a vu du sang et des empreintes de raquettes !

– Il en a parlé au garde ?

– Bien sûr. Et aux gendarmes.

Justin s'assit, regarda son cousin, demanda :

– Qu'est-ce qu'on fait ?

– On en parle tout de suite à ton père.

– Et on lui dit quoi ? Qu'au lieu de dormir on court la montagne ? Eh ben ! Chaque fois qu'on fera une connerie, il nous ressortira que, si on dormait la nuit…

– On n'a qu'à dire qu'on a vu ce type hier.

– Et on lui en parle aujourd'hui ?

– Tu as raison, c'est idiot, reconnut Victor.

– À moins qu'on téléphone à l'Office National des Forêts sans rien dire à papa ?

– Tu parles ! Il faudra bien leur expliquer qu'on a vu le braconnier ce matin, ton père le saura forcément.

– Alors on ne dit rien, grogna Justin.

– Et on laisse le type massacrer la harde ?

– Mais non, idiot, on l'en empêche, comme ce matin. On revient demain, on le décourage à nouveau, il repart en fulminant, on recommence le lendemain et ainsi de suite. Dans trois ou quatre jours, on demande à papa l'autorisation de faire des photos très tôt le matin et, au retour, on lui parle du type.

– Dans trois ou quatre jours, ça m'étonnerait qu'il veuille…

– Eh bien, dans cinq ou six !

– Bon, admettons.

– Reste à savoir, reprit Justin, comment décourager le type tous les matins. On ne peut pas chaque fois jouer les idiots, il serait capable de…

– Je sais ! coupa Victor. Pour demain, j'ai une idée. On se fabrique des lance-pierres et on balance des cailloux en restant bien planqués dans les rochers. Les bouquetins se tirent et le type n'a plus qu'à remballer son fusil.

– Super ! Y a des vieilles chambres à air dans la grange, faut descendre en chercher une cet aprèm.

La mention de l'après-midi incita Justin à consulter sa montre. Il poussa un hurlement :

– Victor ! Il est presque sept heures trente-cinq ! Faut se grouiller !

Ils sautèrent sur leurs jambes, empoignèrent leurs bâtons, se jetèrent dans la descente, courant, bondissant, enfiévrés par leur retard, jouant à se griller la politesse, évitant parfois de justesse la chute et se contentant d'en rire.

Il était huit heures dix quand ils atteignirent leur tente. Belle, la vieille chienne du berger, les y attendait, couchée de tout son long, le museau entre les pattes. Ils s'écroulèrent à côté d'elle. Elle redressa la tête, renifla dans leur direction et gémit à fond de gorge.

Justin l'attrapa par le cou, frotta son visage contre son pelage. Il reprenait difficilement son souffle, chuchotait d'une voix entrecoupée :

– Belle... Ma Belle... Tu es là... Tous les matins... ma Belle...

– Magne-toi... au lieu de t'occuper de la chienne ! grogna Victor qui avait entrepris de se changer et essuyait avec une serviette son torse ruisselant.

Encore rouges et haletants mais secs et changés, ils rejoignirent le refuge, Belle sur leurs talons.

– Vous voilà enfin ! s'exclama Valentine. J'ai failli venir vous chercher. Tante Cathy se demandait ce que vous fabriquiez.

Ils échangèrent un bref regard. Complice. Agaçant. Le genre de regard qui mettait Valentine en rage.

7

Ils remontèrent de Névache en fin d'après-midi, armés de deux lance-pierres dont ils avaient pris soin de tester l'efficacité, et les poches alourdies d'une poignée de cailloux bien ronds.

Ils avaient longuement erré sur les rives de la Clarée, passant en revue les noisetiers afin de trouver deux fourches idéales. Leur recherche les avait ramenés quelques années en arrière, à l'époque où Victor, les mercredis et les fins de semaine, suppliait sa mère de le conduire chez son cousin.

Tout en maniant le couteau suisse puis en fixant solidement les lanières de chambre à air, ils avaient évoqué quelques beaux faits d'armes, quelques batailles homériques de leur enfance d'où ils étaient revenus plus ou moins cabossés.

Ils avaient quoi ? Neuf ans, dix ans ? Tout cela leur semblait très loin. Ils se sentaient terriblement grands et les lance-pierres qu'ils avaient accrochés à leurs ceintures n'étaient plus des jouets mais les armes grâce auxquelles ils empêcheraient un meurtrier d'accomplir son forfait.

Aussi grimpèrent-ils aux Carlines d'un bon pas, doublant quelques randonneurs lourdement chargés qui montaient y dormir et peinaient dans la pente abrupte, bondissant sur le côté pour laisser passer ceux qui descendaient et jetant un œil sur leurs montres pour voir s'ils étaient dans les temps.

– Les stagiaires sont arrivés ! annonça Valentine tandis qu'ils commençaient tous trois à mettre la table.

– Chouette ! s'écria Justin. C'est Jérôme qui encadre le groupe ?

– Ce n'est pas Jérôme, c'est Nadia, précisa Romane qui apportait les cruches d'eau et de vin.

– Nadia ? Mais qu'est-ce que c'est comme stage ?

– De l'aquarelle, comme l'année dernière.

– Beurk, fit Victor, un stage de vieux !

– De vieilles ! corrigea Justin. Les aquarellistes, c'est toujours des femmes !

– Perdu! s'écria Valentine, il y a deux hommes dans le groupe! Et une fille qui n'est pas vieille du tout!

– Bof... Une peintresse...

– Idiot, on ne dit pas peintresse.

– Et pourquoi pas? Tigre, tigresse. Maître, maîtresse. Peintre, peintresse. C'est logique!

– En tout cas, la peintresse jeune, elle est drôlement jolie et drôlement sympa, conclut Valentine.

– Bof... répéta Justin en haussant les épaules.

Puis il se tut parce que la salle s'emplissait peu à peu, que les hôtes de passage gagnaient leur place, s'asseyaient gaiement, et qu'au milieu du groupe de stagiaires aquarellistes était apparue une fille.

Une fille à la chevelure rousse déployée en boucles serrées sur ses épaules.

Une fille qui ne portait ni veste polaire, ni jean, ni tennis. Mais un pull aux manches immenses, plusieurs fois roulées, qui laissait à nu son nombril. Mais un pantalon bariolé posé sur des hanches souples. Mais des sandales de cuir jaune qui dévoilaient dix petits orteils peints en rouge framboise.

Une fille qui, lorsqu'elle leva le visage pour rejeter en arrière sa lourde crinière, montra des yeux brun orangé assortis à ses cheveux, une multitude de taches de rousseur et une fossette au menton.

Une fille dont Justin ne pouvait plus détacher le regard.

– Eh ! Tu bouges ? s'énerva Romane qui apportait une soupière, y a du boulot à la cuisine.

Du boulot, il y en avait, et suffisamment pour les occuper jusqu'à plus de neuf heures du soir. La vaisselle rangée, il fallait encore balayer la salle à manger, préparer les tables pour le petit déjeuner.

– C'est bon, allez vous doucher et dormir, dit Cathy, je finirai avec Bernard.

– Je vais vous aider, proposa Justin.

Il se débarrassa de son grand tablier, se dirigea vers la salle, retourna les chaises sur les tables tandis que son père balayait. On entendait les pensionnaires s'interpeller d'une chambre à l'autre, des portes claquer, des douches et des chasses d'eau couler. Un petit garçon traversa la pièce en courant, cria « Papa ! », puis sa voix se perdit dans le couloir. Un murmure de conversations parvenait du salon mitoyen où il y avait des jeux, des journaux, une bibliothèque et un coin lecture.

Lorsqu'il eut aidé sa mère à dresser les tables, Justin se dirigea vers le salon.

– Tu ne vas pas te coucher? s'étonna Cathy. Victor doit t'attendre.

– Je veux d'abord regarder un truc dans un bouquin.

– Ne traîne pas, Justin, demain tu devras te lever tôt.

Il pensa qu'elle ne croyait pas si bien dire, qu'il allait effectivement se lever très tôt. Il se contenta de marmonner :

– Oui, oui, ne t'inquiète pas... Bonsoir, m'man!

Il y avait dans la pièce une douzaine de personnes : deux hommes plongés dans une partie d'échecs, trois autres étudiant une carte, deux femmes en train d'écrire, quelques autres autour de Nadia. Nadia avec sa longue natte blonde, sa tunique rouge vif, les bracelets tintinnabulant à ses poignets, ses ongles carmin, longs et pointus comme des griffes. Nadia qui avait levé la tête à son entrée et disait de sa belle voix rauque :

– Ah, Justin, le plus beau garçon de l'alpage! Viens m'embrasser, voyou!

Il se pencha vers elle afin de s'exécuter – elle était si petite, Nadia –, respira un parfum fleuri, vit de près le fin réseau de rides, les cheveux blonds largement mêlés de blanc, songea qu'elle était une vieille dame, qu'elle avait au moins…

– Eh bien, voyou, tu ne m'écoutes pas !

– Euh… Excusez-moi, non, je ne vous ai pas entendue.

– Je le vois bien ! Est-ce que tu reconnais au moins Élisabeth, qui revient en stage pour la troisième fois et qui, cette année, a amené sa petite-fille ?

Justin affirma qu'il la reconnaissait parfaitement, lui demanda poliment de ses nouvelles, se tourna ensuite vers la petite-fille, la petite-fille à la chevelure rousse, aux yeux ambrés, qui murmurait :

– Bonjour, je m'appelle Lou.

Elle ne tendait ni la main ni la joue et il ne sut que faire.

Il déclara :

– Moi, je suis Justin, le fils du gardien.

Avant de poursuivre :

– Lou ? C'est la première fois que j'entends ce prénom, c'est le diminutif de Louise ?

– Non, c'est Lou, Lou tout court, comme chez Apollinaire. Tu connais Apollinaire ?

L'intonation de Lou semblait n'admettre qu'une réponse possible et Justin fouilla frénétiquement dans ses souvenirs. Apollinaire… Voyons… Où avait-il entendu ce nom-là ? Où ?

Il s'écria, joyeux :

– Apollinaire ! Bien sûr que je connais ! Guillaume Apollinaire, c'est un poète... J'ai appris *Saltimbanques*. Tu sais ? « Dans la plaine les baladins »...

Lou eut une moue condescendante :

– Oui, *Saltimbanques*, *Les Sapins*, c'est toujours ce qu'on apprend quand on est petit. Heureusement qu'il a écrit autre chose ! Il y a dans *Alcools* des textes magnifiques... Et puis le recueil des *Poèmes à Lou*.

– Ça, je ne connais pas, admit Justin.

Il ajouta :

– Tu me les feras découvrir ?

Les yeux de Lou brillèrent.

– Bien sûr ! Quand tu voudras.

– Demain, par exemple. Tu ne vas pas peindre toute la journée ? Tu auras bien un peu de liberté ?

– Oui... Oui, sûrement.

Elle rit :

– Et si je n'en ai pas, j'en prendrai ! Et toi, qu'est-ce que tu fais ici ? Tu es en vacances ?

Justin se redressa.

– Moi, je travaille : cuisine, service, réception si nécessaire. Mais j'ai tous mes après-midi.

– Alors, on pourrait se retrouver demain vers cinq heures, j'échapperai à Nadia !

– D'accord, à cinq heures.

Au même instant, Élisabeth disait à sa petite-fille :

– Tu viens, Lou ? Il est tard, il est temps d'aller nous coucher. D'ailleurs, tu vois, tous les gens raisonnables ont regagné leurs chambres.

Justin regarda autour de lui, constata que ne demeuraient dans la pièce que les deux adversaires devant l'échiquier, Nadia en conversation avec une stagiaire, Élisabeth, Lou et lui. Il les vit se diriger vers la porte, murmura gauchement :

– Salut ! À demain.

Un cœur de « Bonsoir » lui répondit.

– À demain, ajouta Lou.

Il suivit des yeux la jeune fille qui s'éloignait avec sa grand-mère, se heurta à son père qui fermait la cuisine et lui rappela lui aussi que, le lendemain, il ne serait pas question de traîner au lit.

– T'inquiète, je serai debout à l'aube, assura-t-il.

– Ben voyons ! s'exclama Bernard.

Au seuil du chalet, Justin s'attarda, considérant le ciel piqué d'une multitude d'étoiles, humant l'air chargé d'odeurs de prairies.

Il ferma les yeux, chercha à se rappeler l'intonation exacte de Lou lorsqu'elle avait dit « À demain », au moment de le quitter. Puis, en quelques bonds, il gagna la tente.

Il se déshabilla dans l'obscurité, se glissa dans son duvet, secoua Victor pour lui demander s'il avait bien réglé le réveil.

– Ouais, je l'ai réglé. Qu'est-ce que tu fabriquais ? Tu fais des heures sup à présent ?

Justin sourit sans répondre.

8

Tout avait marché comme sur des roulettes, s'extasiait Victor. Les doigts dans le nez, renchérissait Justin.

Ils étaient installés sur la terrasse devant un cageot de pommes qu'ils pelaient machinalement, à bonne distance des oreilles de Valentine qui arrangeait des bouquets pour orner les tables, tandis que Cathy et Romane cuisinaient une énorme marmite de ratatouille. Et ils commentaient en gloussant de plaisir les péripéties de ce qu'ils nommaient avec une certaine emphase « L'épisode dissuasif n° 2 ».

Ils avaient bondi à la première sonnerie du réveil et gagné en un temps record – quarante et une minutes – le poste de guet.

Quand les bouquetins s'étaient profilés sur la crête, le braconnier était prêt mais les garçons aussi et les premières pierres avaient frappé les rochers en un tir bien ajusté. Ils avaient entendu l'homme jurer à mi-voix tandis que la harde disparaissait sans demander son reste.

– Tu as vu comme il a fichu le camp ! chuchotait Justin en s'étranglant de rire.

– Il va penser qu'il a une sacrée poisse !

– Que le coin est maudit...

– N'empêche, il faut trouver un autre moyen de dissuasion pour demain.

– Un autre ? Pourquoi un autre ? Des cailloux peuvent dégringoler à nouveau, après tout !

Victor réfléchit, reconnut que c'était possible, évidemment, surtout si le coin était maudit.

– N'empêche, s'il nous repère...

Justin balaya l'argument d'un geste large.

– S'il nous repère, on courra plus vite que lui. Tu as vu en combien de temps on est descendu ? Et pile à l'heure pour le p'tit déj !

Un petit déjeuner qu'ils avaient pris en compagnie des clients, du moins de certains. Et, parmi eux, Lou vêtue d'une longue robe vert pâle, un foulard du même vert nouant ses boucles sur sa nuque.

– Bonjour Justin ! Bonjour toi dont j'ignore le nom ! avait-elle dit en passant devant leur table.

Ils s'étaient dépêchés d'avaler pour lui répondre.

– Qui c'est cette fille ? Tu la connais ? avait demandé Victor.

– Un peu. On a discuté hier.

– Elle peint ?

– Elle accompagne sa grand-mère. Bon, on y va ?

En quittant la salle, Justin avait jeté un coup d'œil vers la tablée des aquarellistes. Lou avait le nez plongé dans son bol. Lou dans son étonnante robe verte. Lou qui hier soir avait dit « À demain ».

Demain, c'était aujourd'hui.

Aujourd'hui à cinq heures.

Il eut du mal à fausser compagnie à Victor, prétexta une douche à prendre – « À cette heure-ci ? » s'étonna son cousin – et s'engouffra dans le salon.

Elle était là.

Elle portait un grand pull noir sur un petit short. Ses longues jambes avaient une jolie couleur dorée et, d'abord, Justin ne vit qu'elles. Des jambes minces, fines, semées de poignées de taches de rousseur. Il remonta jusqu'au buste ensaché dans son pull trop vaste, jusqu'à la chevelure annelée, jusqu'aux yeux ni bruns ni jaunes.

Lou eut un rire moqueur :

– Eh bien, monsieur Justin, seriez-vous muet ?

Il se laissa tomber à ses côtés sur le canapé.

– Pas le moins du monde, mademoiselle Lou, j'ai au contraire des tonnes de questions à vous poser.

– Et si je ne veux pas répondre ?

– Joker !

Lou se tortilla un peu afin de s'installer plus commodément, leva vers son interlocuteur son petit visage, son menton pointu où la fossette mettait une ombre légère, annonça :

– Je t'écoute.

– Je t'avertis, je veux tout savoir !

– Sur la Lou d'Apollinaire ?

– Oui, sur celle-là, mais sur toi aussi.

Elle eut une moue, leva une épaule, murmura :

– Oh moi, je suis une Lou très ordinaire.

Justin balaya d'un geste sa fausse modestie.

– Tu es une Lou qui vient d'où ? Pourquoi es-tu là ? Tu aimes tant que ça dessiner ? Tu as...

Lou leva deux mains apaisantes :

– Du calme… Une question à la fois ! Je viens de Valence, dans la Drôme, cent kilomètres au sud de Lyon. Je suis là parce que j'accompagne Misy.

– Misy ?

– Ma grand-mère. Misy est la contraction de mammy et d'Élisabeth. Donc, j'accompagne Misy qui s'est mise à l'aquarelle il y a trois ans et qui m'a proposé de venir cette année en stage avec elle. Et comme j'adore lui faire plaisir et que je vais entrer en seconde option Arts plastiques, j'ai accepté.

– Ça te plaît ?

Lou eut la même moue, le même haussement d'épaules :

– Ça va. Nadia est très cool, les stagiaires sont tous adorables avec moi. Évidemment, la moyenne d'âge est un peu élevée…

Tous deux rirent.

– Il fallait plutôt t'inscrire à un stage d'initiation à la montagne ! C'est toujours plein de jeunes !

– Et on y fait quoi, dans ces stages ?

– Des balades formidables et une randonnée de deux ou trois jours en fin de semaine !

La voix du garçon avait vibré d'enthousiasme. Lou demanda, soupçonneuse :

– Avec de grosses chaussures et un sac à dos ?

– Bien sûr !
– Quelle horreur !
– Tu n'aimes pas la montagne ?
– Pas trop, non.
– Tu es pourtant venue y passer une semaine.
– Je t'ai expliqué : pour accompagner Misy et parce que j'ai choisi Arts plastiques. Et puis, une semaine, ce n'est pas bien long, je peux supporter ! D'ailleurs, on ne marche pas. Cours théorique le matin, mise en pratique l'après-midi, aux alentours du refuge. On a dessiné la chapelle. Ce n'était pas évident, surtout avec toutes les fleurs qui l'entourent, des machins roses assez hauts.
– Des épilobes.
– Puisque tu le dis… Demain, on aura un cours sur la détrempe et on commencera à mettre en couleur. Après-demain, on continuera. Et ainsi de suite. Et samedi on repartira. Misy sera contente que je l'aie accompagnée, moi j'aurai appris des trucs qui me serviront à la rentrée et les vraies vacances pourront commencer !
– Qu'est-ce que c'est, les vraies vacances ?
– La mer, la plage…
– Toi aussi ? Décidément !
– Pourquoi moi aussi ? Pourquoi décidément ?

– Parce que, le 15 août, ma sœur nous laisse tomber pour partir à la mer. Il faudra se taper le boulot à sa place.

– Ta sœur, c'est Valentine ? J'ai parlé avec elle, hier, à mon arrivée. Elle est adorable.

– Non, Valentine, c'est ma cousine. Ma sœur, c'est Romane.

– Elle a quel âge ?

– Dix-sept ans.

– Elle va partir avec des copains et copines ?

– Oui, sûrement.

– Moi, mes parents refusent sous prétexte que je suis trop jeune. Je trouve ça ridicule. À quinze ans et demi, on devrait pouvoir ne plus suivre sa famille, tu ne crois pas ? Au fait, tu as quel âge ?

– Bientôt quinze ans, déclara Justin, tout en croisant les doigts pour que ni Victor ni sa sœur ne l'entendent proférer pareil mensonge.

– Tu es plutôt grand, apprécia Lou, et il sembla à Justin qu'il avait gagné d'un seul coup dix centimètres.

Elle enchaîna :

– Et tu n'aurais pas envie de partir en vacances à la mer avec ta sœur ?

– Ben non alors ! Je suis trop bien ici !

– Tu veux dire que tu vas passer là tout ton été ?

– Bien sûr !

Lou secoua plusieurs fois la tête, soupira bruyamment, ploya les épaules et gémit :

– C'est affreux !

Justin éclata de rire.

– Mais non, ce n'est pas affreux ! J'adore les Carlines, j'adore y vivre, j'adore y travailler ! J'aime la montagne, tu comprends ? Je l'aime comme toi tu aimes la mer peut-être. C'est ma vie, c'est ma passion !

– Et plus tard, tu veux garder un refuge comme ton père ?

– Non. Le refuge, c'est l'alpage, les troupeaux, les sentiers, presque la civilisation encore. Moi je veux vivre sur les sommets. Je veux être guide ou moniteur de ski. Ou les deux.

– Ah, tu fais du ski ? Moi aussi... Qu'est-ce qu'il y a comme stations par ici ?

– Montgenèvre, tout près, et Serre-Chevalier qu'on rejoint depuis Briançon avec le téléphérique du Prorel. L'hiver, je skie plusieurs fois par semaine. Avec l'école, avec le club. Je fais de la descente et du fond. Surtout du fond. Et de la compétition depuis l'âge de huit ans, tu sais...

Lou semblait soudain plus intéressée, elle demanda :

– Et tu gagnes souvent ?

– Assez souvent, oui. Je suis champion des Hautes-Alpes en ski de fond et je commence à être bien classé en biathlon.

Le regard de Lou était empreint à présent de considération. Elle murmura :

– Tu es champion de ski !

– Du département, oui, mais j'ai fini troisième en régional.

– Tu crois que tu iras un jour aux championnats de France ?

– Je ne sais pas.

La voix de Justin devint un chuchotement quand il ajouta :

– J'espère. Tu comprends, maintenant, que la montagne c'est ma passion ?

– Justin ! appela Valentine de la cuisine. Justin où es-tu ?

Le garçon jeta un coup d'œil à sa montre, constata qu'il était six heures, soupira :

– Faut que je prenne mon service. J'ai encore des tas de questions à te poser et tu ne m'as pas parlé de la Lou d'Apollinaire.

– C'est vrai. Ce soir, si tu veux ?

– Bien sûr que je veux. Vers neuf heures et demie, comme hier ?

9

Quand la sonnerie du réveil grelotta, Justin eut l'impression qu'on lui arrachait les tympans.

La veille, il avait rejoint Lou dès la fin du repas et bavardé avec elle jusqu'à ce que la voix de Misy, appelant sa petite-fille pour la troisième fois, les chasse du salon. Il s'était glissé silencieusement dans la tente et avait plongé aussitôt dans le sommeil. Un sommeil peuplé de Lou rousses et rieuses qui racontaient Valence, les copains et copines, la ville, les cafés, un grand pont sur le Rhône, une maison avec une terrasse ensoleillée et des figuiers.

– Grouille-toi, c'est l'heure ! grognait Victor en le secouant sans douceur. Te rendors pas !

Il protesta :

– Qu'est-ce que tu crois ? Je suis réveillé.

Ils tâtonnèrent à la recherche de leurs vêtements, dans l'habitacle à peine éclairé par une lampe de poche au faisceau étouffé tant ils craignaient de donner l'alerte : Bernard et Jean étaient des lève-tôt. Ils enfilèrent leurs chaussures, préparèrent bâtons et sacs puis Victor ouvrit la fermeture Éclair de la tente. Il poussa un cri étouffé :

– Mince ! Le brouillard !

– Fais voir ?

Épais comme un sirop, le brouillard les encerclait de toutes parts.

– Qu'est-ce qu'on fait ? questionna Victor pour la forme.

– Qu'est-ce que tu veux faire ? On ne voit pas à un mètre.

– Tu crois que les bouquetins descendront quand même ?

– Peut-être, mais beaucoup plus tard. En tout cas, le braconnier, lui, ne risque pas de monter. Et même s'il montait, ça ne servirait à rien. Il ne verrait que du coton dans son viseur !

– Mais s'il attend que le brouillard se lève ? S'il monte à midi ?

– Trop risqué. Trop de randonneurs dans la journée.

Ils se déshabillèrent et se recouchèrent. Victor rit :

– Finalement, c'est une chance, le brouillard.

– Ouais, les dieux sont avec nous, on va pouvoir dormir jusqu'à sept heures et demie !

La nappe ne se dilua qu'en fin de matinée. Elle se déchira en rubans qui s'effilochèrent et derrière lesquels le ciel apparut, d'un bleu intense, comme lavé. Il y eut peu de randonneurs avant onze heures, quelques silhouettes qui surgirent du brouillard avant d'y replonger aussitôt. Mais, avec le soleil, les promeneurs montèrent de la vallée. Cathy et Romane commencèrent à servir en terrasse.

Justin se proposa pour porter au groupe de Nadia, qui avait décidé de pique-niquer près de la chapelle, les paniers-repas commandés et sa proposition fut accueillie avec soulagement.

– Je vais t'aider ! lança Valentine.

Il ne put refuser.

Leur arrivée fut saluée par un cri de satisfaction car les artistes avaient faim. Lou eut pour Justin son plus charmant sourire et lui fit admirer son œuvre : la chapelle au milieu des épilobes. Il loua, s'attarda autant qu'il était possible.

– Je peux venir peindre avec vous cet après-midi ? demanda Valentine.

Nadia acquiesça :

– Mais oui, ma beauté, viens donc avec nous. Tu as mangé ?

– Non, j'y vais tout de suite... Tu viens, Justin ?

Il abandonna à regret Lou qui mordait dans son sandwich et suivit sa cousine. Il ne trouva aucune raison valable pour aller traîner du côté des aquarellistes au cours de l'après-midi et ne revit la jeune fille qu'à l'heure du repas. Ses yeux brillaient tandis qu'elle lui glissait :

– Justin ! Il m'est arrivé un truc formidable, il faut que je te raconte ! On se voit tout à l'heure ?

Penché avec Victor sur le bac à vaisselle, il récurait une pile de plats à gratin qui semblait inépuisable et se demandait avec curiosité – et un brin d'inquiétude – quel truc formidable avait pu se produire dont il n'avait pas entendu parler. Il chassa la question, se concentra sur la plus grosse des marmites avec un soupir.

– Saloperie de vaisselle ! grommela Victor au même moment.

– Ça, tu peux le dire ! C'est pas possible, ils sont plus de cinquante à table, ce soir, ou quoi ?

– Non, trente-six, le gîte est complet. Et dire qu'on appelle ça des vacances !

– Mais c'est des vacances ! Sauf quand ma mère met du gratin au menu.

Victor éclata de rire. Justin fit chorus. La pile de vaisselle diminuait.

Lou attendait dans le salon. Elle s'était changée et arborait une salopette multicolore sur un pull-over jaune. Il se félicita d'avoir pris le temps de passer sous la douche après la vaisselle et d'avoir troqué ses vêtements sales contre un pantacourt beige et un tee-shirt blanc. Bronzé comme il l'était, le blanc lui allait particulièrement bien et son image dans le miroir l'avait satisfait.

Il s'assit à côté de Lou, réclama :

– Alors ? Raconte...

– Tu te rappelles que Valentine est venue dessiner avec nous ? Bon... Vers cinq heures, Nadia nous a accordé une pause, comme d'habitude. Elle dit que nous avons besoin de libérer nos doigts et notre esprit et c'est drôlement vrai parce que nous nous concentrons sur notre travail et que c'est fatigant. Valentine m'a proposé de m'emmener voir quelque chose de très chouette.

Elle n'a pas voulu préciser ce que c'était mais je lui ai fait confiance et je l'ai suivie. Nous avons marché un peu et, à un moment, il y a eu un coup de sifflet strident, puis un deuxième. « Regarde ! » m'a dit Valentine et j'ai vu une énorme marmotte qui courait. Elle s'est immobilisée sur un rocher, dressée sur ses pattes de derrière. Nous la regardions et elle aussi nous regardait. C'était génial ! Valentine m'a fait signe de me taire et de ne pas bouger. On est resté accroupies un moment et, tout à coup, on a vu surgir du trou qui se trouvait sous le rocher une deuxième marmotte, puis une troisième, beaucoup plus petites. C'étaient les enfants. Valentine m'a expliqué que la mère marmotte avait sifflé pour les prévenir de faire attention mais que, comme on ne bougeait pas, qu'on n'avait pas l'air dangereuses, elle n'avait plus rien dit et les marmottons étaient ressortis. Si tu les avais vus ! Ils se poursuivaient, ils se culbutaient, ils se battaient même ! Incroyable ! Et la grosse marmotte les surveillait exactement comme une mère dans un parc de jeux. Valentine m'a dit que, si je ne craignais pas de marcher un peu, elle m'emmènerait dans un coin où je pourrais voir des tas de familles de marmottes et les photographier !

– C'est Marmotteville, sous le col de Cristol, précisa Justin machinalement.

– Marmotteville ? Ça s'appelle vraiment comme ça ?

– C'est moi qui ai baptisé le vallon de Cristol Marmotteville, il y a tellement de terriers !

– Et on peut les approcher ?

– Bien sûr ! Il suffit d'être un peu discret...

Lou fronça les sourcils.

– Tu n'as pas l'air de trouver ça sensationnel. Tu ne t'intéresses pas aux marmottes ?

Justin rit.

– Bien sûr que si ! Je te montrerai : j'ai fait des tas de photos, tu pourras prendre celles qui te plaisent. Mais... Comment dire ? Les marmottes, à force, depuis des années que je les vois, que je vis au milieu d'elles, je suis habitué.

– Pourtant, Valentine m'a expliqué que...

– Valentine, coupa Justin, elle ne court pas la montagne comme Victor et moi, elle ne voit pas tout.

Lou leva son petit menton, questionna ironiquement :

– Et qu'est-ce que vous voyez de si exceptionnel, vous ?

Justin hésita, ouvrit la bouche, la referma.

– Eh bien, vas-y, qu'est-ce que tu attends ?

– Tu es capable de tenir ta langue ? Tu ne diras rien ?

– Évidemment ! Tu me prends pour qui ?

Justin insista :

– C'est très sérieux. Donne-moi ta parole.

– Pas de problème, tu as ma parole.

– Bon...

Justin se pencha vers Lou, continua à voix basse.

– Tu comprends, regarder jouer des marmottes est un spectacle merveilleux, bien sûr, mais c'est à la portée de n'importe quel promeneur patient et attentif. Moi, si tu veux, je peux t'emmener voir quelque chose de tout à fait exceptionnel. Quelque chose qu'aucun habitant du refuge n'a vu. À part Victor...

– Et qu'est-ce que c'est ? chuchota Lou à son tour.

– Des bouquetins. Une harde de presque quarante bêtes.

Les yeux de l'adolescente s'agrandirent :

– Qu'est-ce que c'est, des bouquetins ?

Justin sourit :

– Tu vois, ce sont des bêtes assez rares pour que tu ne les connaisses pas ! Viens voir !

Il attrapa Lou par la main, la tira devant une affiche sur laquelle un grand mâle se dressait à contreciel et déclara :

– Le bouquetin, c'est lui.

– Et tu sais où il y en a ?

– Oui.

– Et tu m'y emmènerais ?

– Oui, mais en secret.

– Quand ?

– Demain matin, très tôt, à l'heure où ils descendent boire et gagnent les alpages.

– Très tôt ? Qu'est-ce que tu appelles très tôt ? s'inquiéta Lou.

– Il faudrait partir à quatre heures.

– C'est loin ?

– Non, ce n'est pas loin, mais tu n'es pas une montagnarde, toi.

– Qu'est-ce que tu crois ? Que je suis incapable de marcher ? Ce n'est pas parce que je n'aime pas la montagne que je suis vissée dans mes baskets !

– Je n'ai pas dit ça... Mais tu n'as pas l'habitude, alors il vaut mieux prévoir un peu de marge, tu comprends ? Tu as un réveil ?

– J'ai mon portable.

– Bon, mets la sonnerie assez bas pour ne réveiller personne d'autre que toi. Jogging, baskets et une veste ou un blouson, quelque chose de chaud et d'imperméable. Tu as une lampe de poche ?

– Euh... non.

– Je vais t'en passer une. Donc, tu mets ton portable sur quatre heures, je te retrouve cinq minutes après à la porte de derrière. N'emporte rien, j'aurai de quoi boire et manger. Et surtout, fais gaffe que personne ne t'entende, que personne ne te voie, masque bien ta lampe... Mon père a l'ouïe fine.

– Ne t'inquiète pas, je serai silencieuse et invisible. D'ailleurs, je suis comme les chats, j'y vois la nuit. Tu as bien observé la couleur de mes yeux ? Orange, comme ceux des chartreux, tu sais, les chats gris. J'en ai un chez moi, un mâle, il s'appelle Nuage. La nuit, je me déplace aussi vite et aussi bien que lui, sans rien casser. Ne te fais aucun souci, ton père ne risque pas de m'entendre.

– Alors c'est super.

– Les... les bouquetins, on pourra les photographier ?

– Bien sûr, j'emporterai mon appareil.

– Et les approcher ?

– Non, ça, ce ne sera pas possible.

– Tant pis.

Lou soupira, bâilla, s'étira, les yeux pleins de larmes, avant de déclarer :

– Bon... Faudrait peut-être aller se coucher.

– Oui, tu as raison. Eh bien... bonsoir !

– Bonne nuit.

Lou rit, ajouta tout bas :

– Même si elle est un peu courte.

Justin répondit sur le même ton :

– C'est pas grave, j'ai l'habitude. Je vais préparer les affaires pour demain.

Il se dirigea vers la porte d'entrée, se retourna pour voir Lou s'éloigner dans le couloir. Puis il descendit dans la prairie. Il humait le vent, narines fureteuses, tête levée vers le ciel. Il n'y avait pas d'étoiles, mais l'air était juste assez piquant pour laisser présager une belle nuit. Et une belle journée du lendemain. Oui, il n'y avait plus qu'à préparer le sac.

Et annoncer à Victor que, demain matin, ce n'était pas la peine qu'il se lève.

10

Victor avait écouté Justin sans broncher. Il avait seulement demandé :

– Tu lui as parlé du braconnier ?

Justin s'était récrié :

– Bien sûr que non ! Je n'ai parlé que des bouquetins. L'autre cinglé, je ferai semblant de le découvrir, je le lui montrerai, on fera du bruit, on pourra même l'interpeller, comme l'autre fois.

– Ouais... Enfin... si vous arrivez jusque-là.

– Pourquoi on n'y arriverait pas ?

– Tu la vois monter là-bas en quarante minutes, l'aquarelliste ?

– On mettra plus longtemps, voilà tout.

– Ah certainement plus longtemps, oui ! Prévois une bonne marge si tu veux être de retour à huit heures !

– Faut pas exagérer, Lou n'est pas une montagnarde mais elle est sportive, elle fait du ski… Qu'est-ce que tu crois ?

Victor avait haussé les épaules : apparemment, il ne croyait rien du tout. Il s'était enfoncé dans son sac de couchage, s'était tourné ostensiblement de l'autre côté. Il avait encore murmuré :

– C'est drôle… Les bouquetins et le braconnier, j'avais cru que c'était notre affaire à tous les deux, notre secret. Je me suis trompé.

– Mais c'est notre affaire, Victor ! C'est nous qui les protégeons en décourageant le type ! Je veux juste les lui montrer une fois. Tu comprends, elle n'en a jamais vu ! Et puis, samedi, elle s'en va, tandis que nous… Nous, nous avons tout l'été.

Justin s'était couché, avait éteint. Dans le noir, Victor avait ajouté :

– N'empêche…

– N'empêche quoi ?

– N'empêche que, si moi je t'avais dit : demain, le braconnier, t'en occupe pas, j'irai le surveiller avec Sophie ou… ou Caroline ou n'importe qui, je me demande comment tu l'aurais pris.

– Mais Victor, c'est juste…

– Salut, j'ai sommeil.

Justin, mécontent, avait passé un moment à ruminer. Après tout, qu'est-ce que c'était qu'un matin par rapport à tous ceux qu'ils partageaient ? Et il n'était pas question d'emmener n'importe qui mais Lou, qui était pensionnaire au refuge et faisait de l'aquarelle avec Nadia. Et puis, il était normal d'avoir envie, pour une fois, de partager quelque chose avec quelqu'un d'autre ! Ils n'allaient pas toute leur vie faire des trucs ensemble sous prétexte qu'ils étaient cousins !

Le sommeil s'était enfin emparé de lui.

Justin bondit dès l'amorce de la sonnerie qu'il musela aussitôt, s'habilla à la hâte. Il avait pris soin d'empiler ses vêtements en bon ordre, de glisser ses chaussettes dans ses baskets. Il saisit son sac et son blouson, attrapa ses bâtons en se disant qu'il les donnerait à Lou et se glissa hors de la tente.

Victor n'avait pas bougé.

Trois minutes à peine s'étaient écoulées.

Pas une étoile dans le ciel, pas la moindre clarté. Une couverture de nuages masquait la lune, pesait sur la forêt. Le vent courait sur l'alpage.

Justin fronça le nez : annonciateur de pluie, ce vent-là... Était-il bien prudent de partir avec Lou alors que l'orage risquait de les surprendre ? Risquait. Pas sûr ! Et, s'ils n'y allaient pas aujourd'hui, quand l'occasion se présenterait-elle à nouveau ? Qui disait que demain, Lou serait partante ? Qu'il ne pleuvrait pas ? Et d'abord, il y avait le tueur de bouquetins dont il fallait anéantir le projet. Donc, pas question d'hésiter, de remettre.

Il arriva derrière les Carlines. Il n'eut pas à attendre : la silhouette de Lou se détacha du mur. Lou, ombre dans l'ombre de la nuit. Lou qui l'embrassait et chuchotait « Bonjour Justin ». Lou, la caresse de ses boucles contre sa joue, son parfum fruité au moment où elle s'était approchée. Et dire qu'il avait, tout à l'heure, hésité à partir ! Il était stupide, ah oui, bien stupide !

Il murmura :

– On y va ? Tu n'as pas froid ? Tu y vois suffisamment ? Si tu veux, j'allume ma frontale.

– Mais non, je t'ai expliqué que j'y voyais la nuit.

– Je vais te prêter mes bâtons, ce sera plus facile pour grimper, tu peineras moins.

– Tu rigoles ! Tu me prends pour une vieille ou quoi ? Si tu ne veux pas que je peine, tu n'as qu'à me donner la main.

Sans attendre, Lou s'empara de la main du garçon, la serra fermement. Le cœur de Justin bondit dans sa poitrine. Bondit comme un fou. À lui faire mal. Dire qu'il avait hésité... Ah, quel idiot ! Ah, quel bonheur ! Il se jeta dans le sentier qui s'éloignait en direction de la petite chapelle, de la bergerie avec son enclos, du torrent qu'enjambait un pont de bois. Pas besoin de bâton pour voler, ah non, la main de Lou serrée dans la sienne lui donnait des ailes plus efficaces que celles d'Icare et lui, son soleil, il l'avait au cœur !

– Eh, pas si vite, se plaignit Lou qui avait du mal à suivre son rythme.

– Excuse-moi, je ne me suis pas rendu compte, je ralentis, promis. Regarde, le jour se lève.

Au même instant, les nuages crevèrent au-dessus d'eux et les premières gouttes se mirent à tomber.

11

– Tu ne crois pas qu'on devrait rentrer au chalet ? demanda Lou au bout d'une dizaine de minutes.

– Mais non ! Ce n'est pas une petite averse matinale qui va nous effrayer, on n'est pas en sucre, hein ? Par contre, il vaudrait mieux enfiler nos blousons. Tu as quoi, pour la pluie ?

– J'ai ça.

Ça, c'était une veste de jogging, noire à bandes orange. Justin tâta l'étoffe avec une grimace.

– Tu sais, c'est imperméable, affirma Lou.

– Oui, un peu sûrement, mais certainement pas très longtemps. Mets-la toujours, on verra bien. Si ce n'est pas suffisant, je te prêterai ma veste en Gore-Tex.

– Et toi ?

Justin haussa les épaules :

– Moi, j'ai l'habitude.

Ayant passé leurs vêtements et rabattu leurs capuches, ils repartirent sous la pluie qui tombait toujours, fine, régulière. Qui semblait décidée à tomber ainsi toute la journée.

L'horizon s'était rétréci aux croupes les plus proches et la faible clarté née à l'est un peu plus tôt ne méritait guère le nom de jour. De temps à autre, une gifle de vent, accourue des crêtes invisibles, tordait les grands sapins, couchait les tiges hautes des campanules, ébouriffait les rhododendrons et les touffes de gentianes. Justin et Lou recevaient en pleine figure la pluie devenue horizontale qui leur piquetait les joues, les paupières.

– Douche gratuite, s'exclama Justin, profites-en pour boire un coup ! Au fait, si tu as soif, tu sais que j'ai ma gourde ?

– Non non, c'est bon, j'ai pas soif.

Une odeur de prairie, de feuilles brutalisées, de racines, de pierre nue montait du sol. Une odeur forte et pourrissante qui prenait aux narines.

– Tu sens ? s'exclama Justin. C'est le ventre de la terre. J'adore !

Lou ne répondit pas. Depuis qu'ils avaient abandonné le sentier pour grimper vers la pointe de Buffère, elle montait par à-coups, s'arrêtait pour reprendre haleine durant quelques secondes, repartait, accrochée à la main du garçon qui la tirait. Accrochée et pesant parfois de tout son poids, sans vergogne. Lui l'aidait de son mieux, la prévenait du moindre obstacle, écartait le caillou, la branche, brisait la filandre emperlée de pluie. Il lui désignait les fleurs encore closes.

– Regarde, des anémones, toutes velues... Et là, les joubarbes, elles sont immenses ! Tiens, regarde bien, voilà une gentiane, et là une autre, tout un tapis ! Si tu voyais leur couleur ! Un bleu merveilleux !

– Je sais, Nadia nous en a montré hier. Mais elles étaient ouvertes et cent fois plus jolies.

– Celles-là vont s'ouvrir dès que la pluie cessera.

– C'est plutôt mal parti, grogna Lou, ça tombe de plus en plus fort.

– Mais ça ne va pas durer ! L'été, le temps change vite !

– Il a intérêt, parce que je commence à être trempée, moi, et en plus j'ai froid.

– Qu'est-ce que je te disais ? Ton jogging ne vaut rien pour la pluie. Enlève cette serpillière et mets ma veste !

– Mais non, c'est bon !

– Ne discute pas, en montagne, c'est moi qui commande. Tiens, enfile ça. C'est chaud et imperméable, tu te sentiras tout de suite mieux.

Il était heureux de donner à Lou son vêtement, encore tout imprégné de sa propre chaleur, de penser qu'elle allait récupérer ainsi des forces, un peu grâce à lui. Il l'aida à remonter le curseur de la fermeture Éclair qu'elle ne parvenait pas à faire coulisser, l'emmitoufla soigneusement dans le capuchon-cagoule dont il bloqua les cordons. On ne voyait plus qu'un petit minois réduit à un bout de nez, une bouche boudeuse, deux yeux orangés.

– Voilà, tu seras bien mieux ! déclara Justin. Maintenant, tourne-toi !

– Co... comment ça ?

– Oui, tourne-moi le dos, je vais t'aider à te réchauffer.

Il empoigna Lou aux épaules, la fit pivoter, la massa à deux poings, si vigoureusement que, par instants, elle titubait.

Elle gémit :

– Arrête ! C'est bon ! Je dois avoir la peau du dos aussi rouge qu'une écrevisse !

– Tu as chaud, au moins ?

– Oui oui, je t'assure ! Mais toi, tu es trempé.

– Ce n'est pas grave, ça séchera.

– À condition que la pluie s'arrête !

– Mais bien sûr qu'elle va s'arrêter ! Tiens, mange ça…

Lou eut une moue dégoûtée devant les barres de céréales que lui tendait Justin.

– Je n'ai pas faim.

– Mange quand même, ce n'est pas le moment de te payer une hypoglycémie !

Elle commença à grignoter sans conviction tandis que Justin la regardait, attendri. Il avait endossé le rôle de celui qui sait et qui guide. Le rôle qu'avait joué son père auprès de lui durant toute son enfance. Le rôle qui était celui de Jérôme quand il encadrait un groupe de stagiaires et qui serait le sien s'il devenait guide. Ou moniteur de ski. Ou accompagnateur en montagne. Ou…

Il croqua dans sa troisième barre de céréales avec satisfaction. La montagne, c'était vraiment le monde qu'il aimait. Il fallait absolument qu'il envisage d'y vivre toujours et d'y travailler. Il la ferait découvrir à ceux qui ne la connaissent pas, il leur apprendrait.

Il fouillait dans son sac à la recherche de sa gourde quand la voix de Lou retentit :

– Justin ? Regarde comme c'est étrange… On n'y voit absolument plus rien !

12

Justin se redressa vivement, pour constater que Lou disait vrai : ils étaient tous deux enveloppés d'une étoffe légère et cotonneuse, d'un blanc gris aux reflets bleutés. En l'espace de trois minutes, la visibilité s'était réduite à quelques pas et Justin eut l'impression qu'il lui faudrait jouer des coudes pour déchirer le cocon qui les enserrait.

Il plissa les yeux, s'efforça de percer le voile opaque dont il se sentait prisonnier, scruta sans succès l'horizon brutalement rétréci. C'était de la vallée que montait la brume. Il lui sembla distinguer, quelque part au-dessus de lui, une forme qui pouvait passer pour la canine acérée de la pointe de Buffère. Et une sorte de clarté. Quelque chose de plus blanc que gris, de plus lumineux. Le soleil, peut-être ? Voyons…

Ils se trouvaient à 2 300, 2 400 mètres d'altitude environ. Il suffisait sans doute de gagner cent mètres pour déboucher dans la lumière. Vers le lac, c'était sûrement le grand bleu ! Il fallait même se dépêcher pour y arriver avant l'autre fou. Le tueur de bouquetins. Le trafiquant de massacres pour dessus de cheminées.

Le garçon jeta un nouveau coup d'œil vers le haut. Ça se levait, c'était indiscutable. D'ailleurs, la pluie avait faibli, ce qui était bon signe.

Il arracha son sweat en polaire ruisselant qui lui collait à la peau, en enfila un autre tiré du sac, apprécia la tiédeur immédiate que lui procurait le vêtement sec. Il avait trouvé la gourde et la tendit à Lou.

– Bois... Ça te fera du bien. En montagne, on ne boit jamais assez.

C'étaient les paroles de son père, si souvent entendues. Et lui, quand il était gamin, haussait les épaules, grognait qu'il n'avait pas soif, comme venait de le faire Lou. Il sourit.

– Bois quand même.

Elle soupira, s'exécuta. Il but à son tour, longuement, rangea gourde et provisions puis fourra dans une poche du sac sa polaire mouillée.

Il questionna :

– Ça va ? Tu es reposée ? Tu n'as plus froid ?

– Non, c'est toi qui vas avoir froid, tu n'as rien sur le dos, tu seras vite trempé.

– Mais non, ça se calme. À peine plus haut, je suis certain qu'on va trouver le soleil. Et les bouquetins, bien peinards, en train de boire... Allez, en route !

Lou s'accrocha à sa main avec confiance.

La tirant légèrement, Justin reprit sa marche vers cette fichue pointe qu'il avait vue se dessiner à travers le brouillard. Mais à présent, il ne distinguait plus rien. Vers le bas, c'était pire : une marmite dans laquelle bouillonnaient les vagues sans cesse renouvelées d'une mer de nuages totalement opaque. Il n'y avait plus ni vallée ni horizon.

La pluie s'était remise à tomber. Elle lui coulait dans les yeux, dans le cou, commençait à transpercer son mince vêtement, imbibait ses chaussures et ses chaussettes. De temps en temps, il s'essuyait le visage à l'aide de sa manche mouillée, se tendait tout entier vers le haut, vers le ciel qui se trouvait forcément là, pas loin, derrière ce mur de blancheur dans lequel il avait envie de donner des coups de poing afin de le déchirer.

Il se dit qu'il lui fallait absolument tirer vers l'ouest pour s'écarter des crêtes et gagner le vallon et le lac. Mais où était l'ouest ?

Et s'il filait plein sud sans le savoir ? S'il se dirigeait vers le col sans s'en rendre compte ? Non... Impossible, car alors il croiserait le sentier.

Il rêva de retrouver les marques rouges et blanches du GR, la trace facile à suivre, la terre pleine d'empreintes de pas. Il n'y aurait plus alors qu'à se laisser glisser sur le chemin au bord duquel se dressait le refuge. Refuge. Chaleur. Sécurité. L'envie de tout laisser tomber le prit.

Il se ressaisit.

Et le tueur de bouquetins ?

Et sa mission ?

Et Lou à qui il avait promis monts et merveilles ?

Et Victor aux yeux duquel il ne serait qu'un fanfaron ?

Aucun doute, il fallait continuer à grimper. Il se maudit de n'avoir emporté ni altimètre ni boussole, se jura de se procurer les deux objets dès son retour. Le retour. C'est vrai qu'il fallait aussi penser au retour en termes d'horaire. De travail. Huit heures, huit heures et quart au plus tard.

Quoique... S'il avait du retard, Victor inventerait une excuse pour faire patienter les parents. Il pouvait compter sur son cousin, même s'ils s'étaient endormis fâchés. N'avaient-ils pas toujours été complices ?

Justin s'arrêta un instant pour remonter sa manche trempée et consulter sa montre. Six heures et demie. Déjà ! Ils auraient dû être arrivés depuis longtemps, compte tenu de l'heure à laquelle ils s'étaient mis en route. S'il avait été seul, ou avec Victor... Lou marchait si lentement. Et encore, il la tirait...

Il la regarda. Dès qu'il avait lâché sa main, elle s'était laissée tomber sur la première pierre venue et elle reprenait son souffle, muette, insoucieuse de la pluie et du froid.

Il la secoua doucement.

– Lève-toi, sinon tu vas te transformer en glaçon.

Elle protesta :

– Je suis fatiguée, laisse-moi me reposer un peu.

– Bon, une petite minute, mais pas plus. Il ne faut pas s'arrêter comme ça, ça coupe le rythme.

– Tu parles d'un rythme ! C'est toi qui me traînes.

– Mais non, je t'aide, c'est tout. Allez, viens !

– J'ai pas envie, j'en ai marre de marcher.

Elle ajouta :

– Et ton soleil, il est où ?

– À peine plus haut, je t'assure !

Elle le regarda, sans faire mine de se lever pour autant. Il s'accroupit à sa hauteur, la prit aux épaules, plongea ses yeux dans les siens, dit fermement :

– Il faut me croire, Lou. Au-dessus de la mer de nuages, il y a le soleil. Toujours.

Il tendit vers son visage une main hésitante, caressa doucement un coin de pommette qui dépassait du capuchon, répéta avec plus de force :

– Il faut me croire.

– Je te crois, dit Lou. Bien sûr qu'il y a le soleil. Mais où ?

13

Ils avançaient toujours, vers un vallon de plus en plus improbable et des bouquetins qui ne seraient sans doute pas au rendez-vous.

Quant au chasseur, s'il avait deux sous de bon sens, il était resté dans son lit ce matin, au lieu de courir la montagne. Une montagne où il n'y avait décidément pas le moindre soleil. Ni au-dessous ni au-dessus de la mer de nuages. Car ce n'était pas une mer de nuages mais un énorme chaudron d'où s'échappait une ouate toujours plus épaisse et qui virait au gris.

Le vent, après avoir semblé pendant un moment abandonner la partie, avait repris avec force. Il charriait des gouttes larges et glacées, des feuilles, des brins d'herbe et un grondement lointain qui n'augurait rien de bon.

Pour la troisième fois, Justin regarda subrepticement sa montre qu'il avait pris soin d'accrocher à la bretelle de son sac à dos. Sept heures vingt. Il était trop tard pour continuer : ils avaient à peine le temps de rentrer et encore, il serait sûrement en retard. Il était évident qu'il n'y aurait au-dessus ni bouquetins ni type au fusil. Et même s'ils y étaient, l'un ne risquait pas de tuer les autres dans cette purée de pois. Tant pis, ils remonteraient demain. Si Lou était d'accord, si cette marche à l'aveuglette ne l'avait pas dégoûtée à jamais de la montagne. De la montagne et de lui, Justin, le beau parleur pas fichu de tenir ses promesses.

– Justin, on s'arrête ? réclama Lou, comme en écho à ses propres pensées.

– D'accord, on fait une petite pause et puis on redescend.

La fin de la phrase fut avalée par le vent qui se déchaînait soudain, charriant des trombes d'eau. En un instant, le ciel invisible se déchira comme une outre trop pleine.

– Il faut se mettre à l'abri ! cria Lou.

Justin montra le rideau de pluie qui les enveloppait.

– Où veux-tu aller ? On n'y voit rien !

– Je ne sais pas, moi ! Il faut redescendre, voilà tout !

– Bien sûr, mais pas maintenant. Il faut attendre...

– Attendre quoi ? hurla Lou. Tu trouves que c'est l'endroit idéal pour attendre ? Tu es dingue, ma parole ! Moi, j'en ai marre, je redescends !

Justin attrapa la jeune fille par le bras, cria à son tour :

– Et tu redescends où, espèce d'idiote ?

– Lâche-moi ! Je t'ordonne de me lâcher, espèce de con !

– Ta gueule ! T'as rien à m'ordonner !

Ils se défiaient, haineux, prêts à en venir aux mains. Un roulement éclata au-dessus de leurs têtes. Ils eurent l'impression que les barrières rocheuses qui les entouraient s'entrechoquaient en un combat titanesque. Des blocs roulaient, quelque part. Une odeur de soufre agaçait leurs narines.

– La foudre, murmura Justin devenu tout pâle.

– Justin ! J'ai peur ! gémit Lou en s'abattant contre lui.

Il referma les bras sur elle, la serra le plus fort qu'il put. Il la berçait de phrases rassurantes :

– N'aie pas peur, ce n'est rien, juste l'orage. En montagne, ça fait toujours beaucoup de bruit parce que ça résonne, mais ce n'est pas plus dangereux qu'ailleurs. Je n'ai même pas sorti mes bâtons du sac, on n'a pas de piolet, on ne risque rien. L'orage, quand il est violent comme ça, il ne dure pas. N'aie pas peur, c'est l'affaire de quelques minutes. Il ne peut rien t'arriver, je te protège…

– Viens, supplia Lou, partons !

– Pas tout de suite.

– Mais pourquoi ?

– Parce que je ne sais pas comment rentrer au refuge, avoua Justin. Je ne sais pas exactement où nous sommes.

– Mais y a qu'à descendre, c'est simple !

– Non, ce n'est pas si simple. Nous sommes montés par une sorte de couloir herbu que je connais, mais partout ailleurs il y a des barres rocheuses, c'est dangereux.

– Et tu ne peux pas le retrouver, ce couloir ?

– Non, je ne peux pas.

– Tu veux dire qu'on est perdu ?

– Oui, pour l'instant.

Lou s'écarta du garçon, le regarda pendant plusieurs secondes, semblant digérer l'information. Enfin, elle demanda :

– Qu'est-ce qu'on va faire ?

– Attendre.

14

Victor balança une claque au réveil qui sonnait et qui, projeté à l'autre bout de la tente, se tut instantanément. Il tira son sac de couchage sur sa tête, essaya de renouer avec des lambeaux de rêves, comprit qu'il était bel et bien réveillé et décida d'ouvrir les yeux. Le manque de clarté l'étonna : était-il si tôt ? Non... Sa montre indiquait six heures cinquante-huit.

Il tendit l'oreille. Un léger chuchotis sur la toile lui confirma qu'il pleuvait. Pas fort, juste une de ces petites pluies d'été qui s'évanouissent au cours de la matinée. Il écouta. La tente était plantée à l'abri d'une croupe qui la protégeait mais on entendait très nettement le vent souffler au-dessus, dans la forêt. Il marmonna :

– Vent et pluie, c'est pas bon. Et cet imbécile de Justin est parti quand même !

Il aurait dû me réveiller, on y serait allé à trois. Mais monsieur voulait être seul avec sa petite chérie. Ça m'étonnerait bien qu'il ne soit pas en retard. Il va se faire engueuler par tante Cathy. Et l'autre aussi va se faire engueuler.

Tout en grommelant, Victor s'était chaussé. Il avait rassemblé ses affaires de toilette, pris du linge propre et enfilé son blouson sur son pyjama. Il ouvrit la tente, plongea le nez dans l'épaisse couche de brume et grogna de plus belle :

– Mais il est malade, Justin, d'être parti quand même ! Aller là-haut avec ce temps et une fille qui ne sait pas marcher ! Et pour faire quoi ? Photographier des bouquetins fantômes ?

Il gagna la salle de bain sans avoir rencontré âme qui vive, prit une douche qui dissipa sa mauvaise humeur. À la porte, il trouva sa sœur, encore ensommeillée, qui murmura vaguement « Jour Vic ! » et prit sa place. Dans la cuisine, Romane et Cathy s'activaient.

– Salut Vic ! Déjà debout ! s'exclama sa cousine.

– Bonjour mon grand, tu es tombé du lit ? demanda sa tante.

– Ben... Oui. Tonton n'est pas là ?

– Il est descendu à Névache chercher du pain frais, des fruits et des légumes. Il remontera dans la matinée.

Victor se dit que c'était plutôt une bonne nouvelle. Si son imbécile de cousin arrivait en retard, il n'aurait que sa mère à affronter.

Il pénétrait dans la tente quand il entendit le tonnerre rouler d'un bord à l'autre de la montagne. Il eut à peine le temps de s'abriter : le ciel se vidait. Il referma soigneusement derrière lui, s'installa sur son lit et s'empara d'une BD à laquelle il tenta de s'intéresser. Mais il était aux aguets. Entendrait-il, à travers le crépitement de la pluie sur la toile, les pas de Justin ? Il arriverait dans un drôle d'état ! Et l'autre idiote, comment pourrait-elle regagner sa chambre sans se faire pincer ? Après tout, c'était son problème. Oui, mais si elle dénonçait Justin...

Victor referma la BD, l'envoya valser, tendit la main vers son baladeur, n'acheva pas son geste.

Enragé, il bondit sur ses pieds, attrapa ses chaussures qu'il enfila et laça en un instant, son poncho imperméable sous lequel il se glissa. Il était huit heures moins dix, il pouvait aller à leur rencontre, ils n'étaient sans doute plus très loin. La fille était peut-être épuisée. Il aiderait Justin à la ramener. Ils reviendraient ensemble à huit heures et quart, tante Cathy ne dirait rien.

Il se jeta dans l'orage.

Il passait derrière le refuge quand une fenêtre s'ouvrit brutalement. Romane lui cria :

– Qu'est-ce que tu fais là ? Tiens, accroche le volet qui n'arrête pas de battre ! Si ça continue, il va s'arracher.

Il s'exécuta sous les cataractes.

– Viens vite te mettre au sec ! hurla Romane en refermant la fenêtre.

Il gagna la cuisine. Que pouvait-il faire d'autre ?

– Et Justin, il s'amène ? demanda Romane tandis qu'il suspendait au portemanteau son poncho ruisselant.

Elle ajouta :

– Tu as vu un peu tes pieds ? Dépêche-toi de te déchausser, tu salis tout !

Il lui jeta un regard peu amène, s'agenouilla sans mot dire afin de se déchausser. Qu'est-ce qu'elle pouvait l'énerver, celle-là, avec ses façons autoritaires ! Dès que sa mère n'était plus dans la cuisine, elle se prenait pour la chef ! Qu'est-ce qu'elle croyait ? Ce n'est pas parce qu'elle avait dix-sept ans...

– Tu te grouilles un peu ? reprit Romane au-dessus de sa tête. Et mon frère, qu'est-ce qu'il fiche ? Il se paie une grasse matinée ?

Il eut envie de lui répondre de s'occuper de ses fesses mais se retint. Ce n'était pas le moment. Il mit ses chaussures à sécher devant le fourneau, enfila ses pantoufles et prépara ostensiblement le plateau du petit déjeuner pour trois personnes.

La porte du couloir claqua dans son dos.

Il eut un frémissement, espéra de toutes ses forces que Justin se tienne sur le seuil.

Mais ce n'était que Valentine, propre et habillée, qui demandait :

– Il n'est pas là, Justin ?

Victor bougonna :

– Il va arriver.

Romane fronça les sourcils.

– Au fait, où tu allais quand j'ai ouvert la fenêtre du salon ?

– Ben... rattacher le volet ! Je l'avais entendu claquer.

Romane le regardait, perplexe.

Il la défia :

– Qu'est-ce que tu crois ? Y a pas que toi qui entends battre les volets décrochés.

Il se dit qu'il était décidément très fort. Le roi des menteurs. Quand il raconterait ça à Justin ! Déjà huit heures vingt. Mais qu'est-ce qu'il fabriquait ?

15

– On va chercher un coin un peu plus protégé et se fabriquer un abri, avait proposé Justin au milieu du déluge.

Mais Lou avait protesté qu'elle ne voulait pas se retrouver dans les barres rocheuses et tomber dans un précipice.

– Écoute-moi, avait dit Justin. Je ne veux pas descendre, ça, je te l'ai dit, c'est beaucoup trop dangereux. On va juste se déplacer un peu, en faisant très attention, jusqu'à ce qu'on trouve un rocher et on se bâtira une sorte de cabane.

– Avec quoi ?

– Tu verras bien ! Alors, tu es d'accord, on essaie ?

Ils avaient commencé à progresser, l'un tirant l'autre. Justin s'efforçait de distinguer, à travers la pluie et la brume, une forme, un volume, quelque chose susceptible de leur offrir une protection.

Lou avançait comme on recule, craignant à chaque instant de sentir le sol se dérober sous elle et chuchotant « Attention ! » toutes les dix secondes. Il serrait sa main plus fort pour la rassurer, lui répétait qu'elle n'avait pas à s'inquiéter, qu'il était très prudent, mais il sentait sa peur. Une peur dont il se savait responsable : c'était lui qui l'avait entraînée dans le brouillard, qui s'était obstiné malgré la pluie.

Il lança :

– Regarde ! Là, dans la direction de mon bras ! Tout près !

C'était un petit tertre, un amas de rochers cimentés par des mottes de terre et des touffes d'herbe rase. Justin exulta :

– Regarde comme on sera bien ! Non, ne t'assieds pas, on va d'abord s'isoler un peu du sol.

Il plongea une main dans son sac à dos, farfouilla, en retira un sac en plastique plié en quatre qu'il déchira sur deux côtés.

– Et voilà ! s'écria-t-il triomphalement. C'est assez large pour nous servir de canapé. Installe-toi, maintenant on va s'abriter.

Lou ouvrit des yeux incrédules.

– Tu as un parapluie ?

– Non, mais j'ai malgré tout un petit quelque chose !

Il brandit un paquet en tissu imperméable, expliqua :

– C'est mon protège-sac. Je l'utilise si peu que je l'avais complètement oublié. Hier soir, j'ai entassé mes affaires par-dessus, sans même me rendre compte qu'il était là. J'y ai pensé tout à l'heure ! En l'attachant comme cela...

Il déplaça des pierres, fit rouler un bloc un peu plus gros, élevant une sorte de muret. Il coinça le protège-sac sur la partie la plus haute, le tendit en guise de toit, dressa son sac à dos sur le troisième côté après en avoir extirpé un gros pull et quelques provisions.

Il se changea pour la deuxième fois avant de se glisser précautionneusement à côté de Lou.

Il questionna :

– Qu'est-ce que tu en penses ?

– Un vrai palace !

– Tu as froid ? J'ai encore un pull dans mon sac.

– J'ai surtout froid aux pieds, mes baskets sont trempées, mes chaussettes aussi.

– Tu as faim ? Tu veux une barre ?

– Non, je voudrais un chocolat chaud et de la brioche. Je voudrais que la pluie s'arrête, que la brume fiche le camp. Je voudrais rentrer au chalet...

Justin regarda Lou : elle pleurait sans bruit. De grosses larmes rondes qu'elle ne prenait pas la peine d'essuyer.

– Tu m'en veux ? murmura-t-il.

– Mais non…

– Pourtant, c'est moi qui t'ai entraînée.

– Tu ne m'as pas transportée dans ton sac à dos ficelée en paquet cadeau. C'est MOI qui ai marché avec MES jambes !

– Bien sûr, mais…

– Mais rien du tout, laisse tomber !

Lou soupira, ferma les yeux, s'enfonça dans un silence qui mettait Justin mal à l'aise. Au bout d'un moment, il reprit :

– Tu sais Lou, je n'ai pas cherché à te raconter des histoires, je pensais que c'était une averse de rien du tout, qui nettoierait le ciel et balaierait la brume. Je me suis trompé…

– Pas grave. Mais Misy doit se demander où je suis passée. Huit heures et demie, l'heure du petit déj… Tu te rends compte !

– T'as pas idée comme je me rends compte ! Moi, je devrais être au refuge depuis une demi-heure déjà. Nous, on déjeune à huit heures. Victor a dû inventer quelque chose pour expliquer mon retard, mais ça ne tiendra pas bien longtemps… Quand mon père et ma mère découvriront que je ne suis pas là…

– Il est sévère, ton père ?

– Disons qu'il ne plaisante pas avec le boulot, la sécurité, la responsabilité, tous ces trucs-là. Ce matin, j'ai tout faux : je ne prends pas mon boulot à l'heure, je cours la montagne en dehors des moments de liberté, en plus j'emmène une cliente, et tout ça avec l'orage... Qu'est-ce que je vais entendre !

– Moi, c'est Nadia qui va m'attraper. Misy, ce n'est pas pareil, elle doit surtout être horriblement inquiète, croire que j'ai fait une fugue ou Dieu sait quoi, qu'on m'a enlevée...

Lou se remit à pleurer. Des sanglots brefs qui lui donnaient l'air d'une petite fille. Justin la prit par l'épaule en ayant soin de ne pas bousculer leur abri si précaire, la nicha contre lui, maladroit et malheureux. Il caressa d'un doigt sa joue, sa tempe, arrangea une boucle échappée. Il n'osait pas l'embrasser, conscient que le moment était mal choisi.

Elle renifla, murmura :

– Si seulement je pouvais utiliser mon portable. Je préviendrais Misy.

– Les portables, ici, ça ne sert à rien. Tu sais bien qu'ils ne passent pas.

– Je sais.

Lou eut un mouvement du menton en direction de la pluie qui continuait à tisser son étoffe de gouttelettes.

– Ça non plus, ça ne passe pas.

16

– Mais qu'est-ce qu'il fait, Justin ? répétait Valentine tandis qu'elle finissait de déjeuner en compagnie de Victor et que, peu à peu, les premiers clients prenaient place dans la salle à manger.

– Il te manque ? grogna son frère. Tu ne peux pas vivre sans lui ?

– Ffff ! N'importe quoi !

– Ben alors ?

– Alors ce n'est pas normal qu'il ne soit pas venu déjeuner. S'il arrive trop tard, tante Cathy va l'envoyer manger avec les chevaux de bois !

– C'est son problème.

– On dirait que tu t'en fiches, remarqua Valentine. Pourtant, d'habitude, Justin et toi vous…

– Lâche-moi un peu avec Justin, coupa Victor. Tu as fini ? Alors on y va.

Ils débarrassaient leur coin de table quand Nadia s'approcha. Elle avait enroulé en couronne autour de sa tête sa longue natte, à la manière traditionnelle de l'Europe de l'Est, et portait sur son jean un gilet en mouton retourné bordé d'une broderie aux teintes vives.

– Oh Nadia, que tu es belle comme ça ! s'exclama Valentine.

– Merci mon petit cœur. Toi, tu es tous les matins belle comme un ange ! Et toi aussi, Victor ! Embrassez-moi, tous les deux.

Ils s'exécutèrent de bon cœur.

– Tu sens la fraise des bois, Nadia ! s'exclama Valentine.

– Voyez-moi ça ! Dites-moi, vous n'auriez pas vu Lou, ce matin ?

Ils secouèrent la tête.

– Pourquoi ? questionna Valentine.

– Misy la cherche. Quand elle s'est réveillée, Lou avait déjà quitté leur chambre et personne ne l'a vue.

Valentine gloussa :

– Elle est peut-être avec Justin, lui non plus personne ne l'a vu.

– Tiens tiens, murmura Nadia, voilà qui est intéressant. Et moi, je suis bien bête de ne pas y avoir pensé. D'autant plus que j'ai vu plusieurs fois Justin bavarder avec Lou et elle ne semblait pas le laisser indifférent.

Je vais rassurer tout de suite Misy. Dis-moi, Victor, tu fais un saut jusqu'à votre tente et, si tu les vois, tu me les ramènes ?

Victor protesta :

– Ils viendront tout seuls.

– J'y vais, moi, si vous voulez, ça ne me gêne pas ! se précipita Valentine.

– Toi, tu restes là, gronda Victor. C'est MA tente. Est-ce que je me permets de fouiner dans TA chambre ?

– C'est bon... Vas-y dans TA tente, et bonne chance pour la balade sous la pluie !

Rageuse, elle empila sur le plateau les reliefs du petit déjeuner tandis que Victor gagnait la cuisine.

– Dis donc, toi, l'interpella Cathy, peux-tu me dire exactement ce que fait Justin ?

– Mais j'en sais rien, moi ! éclata Victor. Tout le monde me réclame Justin ! Valentine, Romane, Nadia, toi ! Est-ce que je suis là pour le surveiller ? Y en a marre ! Je ne suis pas responsable de Justin !

Tout en poursuivant sa diatribe, il avait lacé ses chaussures et enfilé son poncho.

Il sortit avant que Cathy ait pu proférer la moindre remarque, descendit à grands pas à travers la prairie inondée. La pluie tombait toujours aussi dru, le tonnerre continuait à rouler dans un ciel invisible, bien au-delà du brouillard qui noyait tout et rétrécissait le paysage à quelques mètres. Victor atteignit la tente, ouvrit et s'assit sous l'auvent : trempé comme il l'était, c'était ce qu'il avait de mieux à faire. Inutile d'aller dégouliner à l'intérieur vu qu'il n'y trouverait personne ! Ni Lou ni Justin. La pensée des deux fugitifs ranima sa fureur et il dévida, histoire de se soulager, un chapelet d'injures.

Bon, il lui fallait regagner le refuge, à présent. Qu'est-ce qu'il allait dire ?

Qu'ils étaient bien installés dans la tente et qu'il n'avait pas voulu les déranger ?

Impossible.

Alors ?... Dire qu'ils n'étaient pas dans la tente. Laisser croire qu'ils s'étaient donné rendez-vous ailleurs... Oui. Surtout ne pas démentir le rendez-vous... Nadia et Misy chercheront Lou dans les chalets proches, dans la chapelle, chez le berger. On gagnera du temps. Et Justin reviendra. Justin et Lou.

Victor tendit l'oreille. Un bruit de moteur, encore ténu mais très réel, traversait l'épaisseur du brouillard et les grondements de l'orage. Le quad de Bernard. La perspective d'une conversation avec son oncle arracha une grimace au garçon.

– Et puis tant pis pour Justin ! déclara Victor en refermant la tente.

17

Bernard rétrograda avant d'attaquer le dernier virage. Les cailloux faisaient cahoter durement le véhicule et le conducteur avait les bras meurtris à force de se battre avec le volant. Il fut soulagé de passer entre les deux chalets qui marquaient l'arrivée dans l'alpage, se prépara à affronter l'ultime côte.

Il se gara devant la cuisine dont il poussa la porte en criant :

– Les garçons ! Un coup de main pour décharger !

Ce fut Romane qui répondit :

– Je viens, p'pa !

Elle avait dû le guetter, car elle était chaussée et habillée pour affronter la pluie. Tandis qu'elle transportait un sac de pain, il la questionna brièvement :

– Où est ton frère ?

Elle eut un geste vague, de l'épaule, du menton, en direction de la bergerie, revint prendre un sac.

– Et ton cousin ?

Romane répondit par le même geste peu compromettant.

– Qu'est-ce qui se passe ? Qu'est-ce qu'ils ont inventé, ces deux-là ?

– Je ne sais pas ce qu'ils ont inventé, mais Justin est introuvable.

– Et Victor, tu l'as vu ?

– Oui, Victor est là.

– Et il ignore où est Justin ?

– Ma foi…

– Voilà qui me paraît peu probable. Plus qu'un voyage… C'est bon, je finirai.

Bernard déposa sur la table le dernier cageot, referma la porte, fit quelques pas en direction du fourneau, hébété par la chaleur, assailli par une odeur de gâteau en train de cuire. Il s'étonna :

– Où est ta mère ?

– Avec Misy. C'est que Lou aussi a disparu.

Bernard éclata de rire.

– Ah ! Voilà qui est plus clair ! Justin et Lou ont tous deux disparu ? Ils sont ensemble, bien sûr !

– Bien sûr, approuva Romane. Le problème, c'est qu'on ne les trouve pas.

Cathy, qui s'efforçait de réconforter une Misy très inquiète, apprit à son mari que Victor, Nadia et Valentine étaient en train d'explorer les environs du refuge, que le berger n'avait vu ni entendu personne et que Belle ne cessait de gémir en reniflant un pull de Justin.

– Oui, bon... Moi, je voudrais savoir deux choses. Qui a vu Lou ce matin ?

– Personne, justement, répondit Misy. Quand je me suis réveillée, à sept heures et demie, elle n'était plus dans la chambre.

– Bon... Et qui a vu Justin ?

– Personne, excepté Victor, expliqua Cathy.

– Victor t'a dit qu'il avait vu Justin ?

– Non, il n'a rien dit, mais il a laissé supposer que tout était normal.

À ce moment-là, Romane passa la tête par la porte de la cuisine.

– Maman, il me semble que les gâteaux sont cuits, tu peux vérifier ?

– Romane ? Viens voir une minute ! demanda Bernard.

– Je veux bien venir, mais je n'ai rien à t'apprendre. La dernière fois que j'ai aperçu Justin, c'était hier soir.

– Et Victor, que t'a-t-il dit exactement à propos de ton frère ?

– Pas grand-chose, qu'il arrivait... Il était grognon, Victor. Ah ! Et puis, il y a un truc bizarre, mais c'est peut-être moi qui me fais des idées. Voilà : j'entendais claquer un volet et je me suis dit qu'il fallait le rattacher. J'ai ouvert la fenêtre et Victor était là, en train de contourner le chalet. Enfin, c'est ce qu'il m'a semblé. Je lui ai crié de raccrocher le volet et de se mettre à l'abri. Un peu plus tard, je lui ai demandé ce qu'il fichait sous la pluie derrière la maison. Ce n'est pas vraiment le plus court chemin pour gagner la cuisine. Il m'a dit qu'il avait entendu le volet taper et qu'il venait le bloquer. Je crois qu'il mentait. Mais ça n'engage que moi, évidemment.

– Évidemment. Merci, retourne aider ta mère, moi je vais récupérer ce jeune homme qui prétend ignorer où se trouve son cousin alors que, depuis leur naissance, ces deux-là sont inséparables.

Bernard s'équipa rapidement et quitta le refuge à la recherche de Victor. Il n'eut pas à chercher bien loin ni bien longtemps. Il arrivait sur les talons du berger, Belle collée à ses jambes. Nadia et Valentine surgirent à leur tour, en même temps que trois aquarellistes qui avaient proposé leurs services.

Tous s'ébrouaient dans le sas d'entrée, arrachant ponchos et imperméables, navrés de revenir bredouilles.

– Toi, tu viens avec moi, intima Bernard à son neveu en ouvrant la porte de la cuisine.

Il prit place à la table, désigna une chaise au garçon.

– Assieds-toi. Bon... Depuis ce matin, tu sers tes salades à tout le monde : ta sœur, ta cousine, ta tante, Nadia, Misy. Trêve de plaisanterie. Moi, je veux la vérité. Où est Justin ?

Victor haussa les épaules, grogna :

– J'en sais rien !

– Il est possible que tu ne saches pas où il se trouve en ce moment précis, c'est vrai. Mais hier soir, tu l'as vu se coucher ?

– Évidemment !

– Vous vous êtes parlé ?

– Oui on s'est parlé, bien sûr.

– Et ce matin ?

– Quoi, ce matin ?

– Vous vous êtes parlé ?

– Non.

– Il était dans la tente ?

– Où tu voulais qu'il soit ?

Bernard asséna un coup de poing à la table et Victor sursauta. Il se tassa un peu sur sa chaise.

– Tu vas me répondre, avant que je m'énerve ? gronda Bernard.

Il attendit dans l'épais silence qui pesait sur la pièce où Cathy et Romane avaient interrompu toute besogne. Puis il se leva.

– Bien, dit-il calmement, si tu ne réponds rien c'est que Justin n'était pas dans la tente. Il a donc disparu pendant la nuit. Je ne pense pas qu'on l'ait enlevé, n'est-ce pas, sinon toi non plus tu ne serais pas là ! Il a donc fugué et tu le couvres. Normal. Mais la météo n'est pas bonne, Justin est peut-être en danger. Et Lou avec. Il y a la pluie, le brouillard…

– Et le dingue avec son fusil ! cria Victor.

– Quel dingue ? De quoi parles-tu ? demanda Bernard.

Il se rassit, posa la main sur l'épaule du garçon, l'y laissa. Cathy et Romane s'étaient approchées. Bernard reprit doucement :

– Vas-y, Victor, raconte…

Victor hésitait, tête baissée. Puis il leva les yeux sur son oncle et commença à parler, d'une voix brève, presque haletante :

– Justin et Lou sont partis très tôt. Vers quatre heures. Il lui avait promis de l'emmener voir les bouquetins. De faire des photos... Et en même temps de déranger le braconnier. Tu comprends ?

– Oui... Dis-moi... Quel braconnier, Victor ?

– Il a un fusil à lunette. Il veut tuer des bouquetins. Tous les matins, ils descendent boire au lac, sous la crête de Baude... Le type, on l'a vu la deuxième fois où on est monté... On a cru qu'il avait un téléobjectif dans une sacoche. Tu parles ! Quand on a compris ce qu'il voulait faire, on s'est mis à crier, à s'appeler... Pour le perturber, quoi ! Ça a marché, il est parti. On a recommencé le lendemain. On voulait continuer jusqu'au prochain jour de congé. Après, on t'en aurait parlé. Avant, on aimait mieux pas, tu aurais gueulé parce qu'on se levait à cinq heures, tu comprends ?

Il reprit son souffle avant d'ajouter d'une voix tendue :

– Justin, il est là-haut avec Lou et le type ! Et le brouillard ! Qu'est-ce que tu vas faire ?

– Aller le chercher, bien sûr. Dépêche-toi de t'habiller.

18

Quelques instants plus tard, ils se mettaient en route. Cathy avait accordé à Valentine l'autorisation de les accompagner et laissé à Romane des directives concernant le repas de midi. Puis elle avait gagné sa chambre et s'était équipée avant d'attraper son sac à dos et d'y empiler des vêtements chauds, une trousse de secours et un thermos qu'elle avait empli de thé bien chaud et très sucré.

De son côté, Bernard avait préparé une corde, des harnais, de quoi bricoler un brancard ou un cacolet, une torche à longue portée. Il avait joint par téléphone Jérôme, qui avait promis de monter aussitôt avec un copain guide. Par contre, il avait refusé l'aide des résidents du refuge : pas question que qui que ce soit coure des risques, la responsabilité était trop grande.

Jean, le berger, était arrivé avec Filou, le fils de Belle. On l'entendait gémir, Belle, car il l'avait enfermée ; elle était maintenant trop vieille pour pareille expédition.

Il portait en bandoulière la corne qu'il utilisait, parfois, lorsqu'une bête était perdue.

– Toi, tu me suis ! dit Bernard à Victor qui s'élançait dans le sentier.

Il expliqua :

– Dans un premier temps, nous resterons groupés. Le tracé du GR est évident et il y a le balisage ; aucun problème. Plus haut, dans la partie où l'on abandonne le sentier pour tirer vers les crêtes, nous nous déploierons en éventail.

– Et je soufflerai dans ma trompe, dit Jean.

Ils partirent.

Victor aurait volontiers couru mais Bernard imposait son rythme à la petite colonne. Son pas était ample, lent, régulier. C'était le pas de ceux qui peuvent en montagne marcher des heures. En économisant leurs forces.

Alors, derrière son oncle, le garçon piaffait et rongeait son frein.

Cathy venait ensuite, montant sans effort apparent malgré son sac volumineux. Elle avançait en forçant son esprit à s'intéresser à des choses simples – une toile d'araignée emperlée de pluie, un caillou aux éclats de mica argentés, une chenille lovée dans une feuille. Elle refusait de penser à son fils perdu quelque part sur ce versant de montagne avec cette petite Lou qui ne devait pas en mener large. Elle refusait d'imaginer qu'ils avaient pu s'égarer au point de sauter une barre, se blesser, se briser un bras, une jambe. Ne pas s'inquiéter... Ne pas s'affoler... Garder toutes ses forces pour les retrouver. Et elle continuait, satisfaite de sentir son corps accomplir loyalement son travail de machine bien entraînée pour l'emmener plus haut, plus loin, aisément.

Valentine suivait Cathy, ensachée dans un poncho qui l'enveloppait toute, légère et presque sautillante malgré ses grosses chaussures. En elle, l'inquiétude le disputait à la fierté de participer aux secours avec les adultes.

Puis venait Jean, appuyé sur le bâton qui ne le quittait jamais, enroulé dans un vieux poncho, maintes fois déchiré, maintes fois réparé par des rustines et des morceaux de sparadrap qui formaient un véritable patchwork. Il ne disait rien mais, parfois, sifflotait une petite phrase musicale, toujours la même depuis le départ.

Filou fermait la marche, le museau collé aux semelles de Jean. Lui aussi aurait bien couru devant, comme Victor. Mais, comme lui, il réfrénait son envie.

Ils grimpaient depuis environ trois quarts d'heure quand Victor appela :

– Tonton ?

– Oui, dit Bernard sans se retourner.

– C'est bientôt qu'on quitte le chemin. Tu vois, là au bord, ce reste de souche ? C'est notre repère, on file à droite à peine plus haut. Enfin, c'est ce qu'on fait d'habitude, alors je suppose que Justin a fait pareil, ce matin.

– Sûrement, oui. Bon, on va s'arrêter deux minutes et on repartira en ligne. Mais attention, hein, on marche à vue ! Pas question de nous perdre à notre tour.

– Le brouillard est un peu moins épais depuis un moment, remarqua Cathy.

– C'est une chance, ça nous facilitera la tâche. Jean, tu lances un appel de trompe toutes les trente secondes environ et on écoute. Surtout, écoutez bien ! Vous preniez la pointe de Buffère comme repère, Justin et toi ?

– Oui, mais aujourd'hui on n'y voit rien.

– Aujourd'hui j'ai ma boussole, coupa Bernard. Vous vous alignez sur moi, d'accord ? On y va !

Ils s'écartèrent les uns des autres à la limite du possible, jusqu'à n'être plus que des silhouettes floues, un trait gris foncé dessiné sur le gris plus clair du brouillard qui, par instants, s'effilochait en rubans. La pluie tombait toujours, têtue et monotone, le tonnerre roulait beaucoup plus loin dans la vallée. L'orage s'éloignait.

Jean emboucha la corne et souffla longuement. Tous s'immobilisèrent, écoutèrent. Le son puissant sembla se frayer un chemin à travers la couche de brume qui les isolait. Il résonna un instant puis mourut. Alors ils se remirent en route.

Jean souffla une deuxième fois. Ils s'arrêtèrent, écoutèrent, repartirent.

Une troisième fois. Une quatrième…

Ils progressaient lentement.

Cathy, les yeux pleins de larmes, se demandait quand Justin entendrait enfin sonner la trompe.

19

Justin regarda sa montre, se fit la réflexion qu'il accomplissait ce geste pour la millième fois au moins. Puis il scruta le ciel, du moins ce qu'il pensait être le ciel : un écran légèrement plus blanc que gris qui, par instants, semblait vaguement s'éclaircir et même se désagréger un peu. Il soupira. Pour la millième fois aussi. Réussit à sourire. Se dit qu'il en aurait des trucs à raconter à Victor…

Onze heures quarante. Ils étaient partis depuis bientôt huit heures. Misy avait-elle alerté les gendarmes, croyant à une fugue de sa petite-fille ? Victor avait-il avoué la vérité ? Sûrement, oui… Quel cirque ce serait à leur retour ! Il essaya d'imaginer la réaction de son père. De quand datait la dernière correction qu'il lui avait flanquée ? C'était à quel propos ?

Il fouilla dans sa mémoire, revécut la scène. Ils étaient partis en VTT, les copains et lui, sans crier gare, étaient rentrés à la nuit à Névache où tout le monde était aux cent coups. Il avait quoi ? Onze ans peut-être. Et déjà le goût des balades qu'on entreprend sans rien dire aux parents. Une gifle retentissante l'avait cueilli à sa descente de vélo. Ni son père ni sa mère n'avaient prononcé la moindre parole mais leur silence et leur regard étaient pires que des cris. Puis, toujours sans un mot, son père avait empoigné le VTT et il l'avait enfermé à clé dans l'atelier. Il ne le lui avait rendu que trois mois plus tard.

Justin essaya d'agiter les doigts de sa main gauche qui s'ankylosaient. Des fourmis coururent jusqu'à son coude, lui donnant l'envie furieuse de se gratter. Il n'osa bouger davantage car son bras entourait les épaules de Lou qui somnolait, pelotonnée contre lui. Elle s'était endormie comme on tire le rideau au théâtre. Je n'y suis plus pour personne, débrouillez-vous sans moi, imaginez à votre guise la suite de la pièce. Il n'y avait pas grand-chose à imaginer : ou le brouillard se diluait enfin ou son père, prévenu par Victor, venait les chercher. Évidemment, il aurait préféré que le brouillard cède du terrain ! C'est ce qu'il semblait faire, d'ailleurs, mais si lentement.

Lou ouvrit les yeux, murmura :

– Qu'est-ce qu'il fait froid !

Le garçon la serra plus étroitement contre lui, déposa un baiser léger sur le bout de son nez, ordonna :

– Mets tes mains sous mon pull pour les réchauffer.

– Et pour mes pieds, je fais comment ?

Justin rit.

– Tu veux mettre aussi tes baskets sous mon pull ?

– N'empêche, j'ai l'impression d'avoir deux glaçons au bout des jambes.

– Tu veux qu'on marche un peu ? Ça fera circuler le sang, après on sera mieux. Il pleut un peu moins et le brouillard se dissipe, on pourrait en profiter pour...

– ... pour rien du tout ! coupa Lou. Va te fracasser dans des barres rocheuses si ça te chante. Moi, je ne bouge pas d'ici !

– Bon, je n'ai rien dit. On ne va pas se disputer, hein ? On attendra que ça se dégage complètement. Tu as un peu moins froid ?

– Un peu, oui. Mais c'est surtout…
– Chut ! Tais-toi…
Justin se redressa, tous les sens en alerte. Il lui avait semblé entendre, quelque part sur sa droite, bien plus haut, rouler des pierres.
– Qu'est-ce qu'il y a ? articula Lou silencieusement.
– Écoute, murmura le garçon.
Tous deux écoutèrent : c'était bien un bruit de cailloux. Les yeux de Lou s'agrandirent. Elle demanda d'une toute petite voix :
– Tu crois que c'est une avalanche ?
– Non, juste quelqu'un qui descend. Peut-être un animal.
Lou chuchota :
– Mais ça peut aussi être un randonneur ? Quelqu'un qui connaît le chemin et qu'on pourra suivre.
Justin scrutait la brume, guettant la forme qui ne manquerait pas de surgir, attendant plus ou moins un chamois, peut-être une femelle avec son petit. Mais ce fut un homme dont la silhouette déchira la ouate, l'espace d'un instant, avant de s'évanouir.
Était-ce bien un homme ?
Justin se demanda s'il n'avait pas rêvé, mais non, puisque Lou l'avait vu, elle aussi.

Elle demanda :

– Ce type, pourquoi tu ne l'as pas appelé ? Il aurait pu nous aider !

Le garçon ne répondit pas aussitôt. Il était étonné par sa propre réaction. Étonné d'avoir eu peur de l'homme qui était passé près d'eux au point de souhaiter lui cacher leur présence.

– Je n'ai pas voulu l'appeler, dit-il à Lou, parce que j'ai eu peur que ce soit le braconnier.

– Quel braconnier ?

– Un fou qui monte observer les bouquetins armé d'un fusil à lunette. Une sorte d'assassin.

– Quoi ! Tu m'as emmenée ici, avec la pluie, le brouillard et un assassin armé d'un fusil ? C'est toi qui es fou, Justin !

Lou se leva d'un bond, détruisant en un instant leur abri précaire. Elle se précipita dans la pente en criant :

– Et moi je ne reste pas un instant de plus avec un fou !

À ce moment-là on entendit, très proche, sonner la trompe.

Lou poussa un cri de frayeur et exécuta une sorte de gambade qui s'acheva en hurlement, tandis qu'elle gémissait :

– Ma cheville ! Oh, ma cheville !

Déjà Justin était auprès d'elle, la soutenait.

La trompe retentit à nouveau, encore plus proche. Justin mit ses mains en porte-voix.

– Oooh ! cria-t-il. On est ici ! On est ici !

20

– Allez, raconte ! s'écria Victor dès que Justin franchit le seuil du salon où il lui avait donné brièvement rendez-vous.

Puis il se tut, parce que Lou venait de pénétrer à son tour dans la pièce en claudiquant, appuyée à l'épaule de Valentine.

– J'ai à parler avec Justin, protesta Victor.

– Possible, dit Valentine, mais moi je suis avec Lou et Lou accompagne Justin. Alors…

Victor regarda son cousin, espéra un démenti, quelque chose comme « Tirez-vous, les filles ! ». Mais Justin se contenta de hausser les épaules en déclarant que ce n'était pas important. Il se dirigea résolument vers le canapé dans lequel il se laissa tomber avec un soupir de bien-être, installa Lou tout naturellement à côté de lui.

Valentine s'assit de l'autre côté. Victor tira à lui un fauteuil et s'assit à son tour.

– Fais pas la tête, dit Justin en poussant son cousin d'une bourrade. D'abord, c'est pas le moment, faut qu'on discute sérieusement ! Ensuite, ça sert à quoi ?

Victor ne répondant pas, il ajouta :

– Déjà que mon père ne me décroche pas un mot.

– Ça t'étonne ? demanda Victor.

– Euh, non, pas du tout. N'empêche, c'est pas marrant, j'aimerais mieux qu'il hurle un bon coup, au moins, après, ça serait fini. Bon... Tu ne m'en veux plus ?

– Mais non, c'est bon. Allez, raconte...

– Ben, y a pas grand-chose à raconter. À quatre heures, c'était un peu bouché, mais il n'y avait pas de brouillard et il ne pleuvait pas. J'ai pensé qu'on pouvait monter. Au début, ça allait bien...

Lou intervint :

– Jusqu'à ce qu'il pleuve.

– Vous étiez où, quand la pluie est arrivée ? questionna Victor.

– Pas très loin, on n'avait guère pris plus de cent mètres, cent cinquante peut-être. La pluie ce n'était pas très grave, on a continué à grimper. Quand j'ai tiré vers les crêtes, on y voyait encore bien. C'est après que ça s'est gâté. Le coton. Le blanc total.

– Pourquoi tu n'es pas redescendu ?

Justin haussa les épaules.

– Évidemment, j'aurais dû renoncer, mais je croyais qu'au-dessus c'était le grand beau. Et il y avait aussi le type. Imagine qu'il y aille et moi pas !

Victor approuva d'un hochement de tête.

– On a marché drôlement longtemps, soupira Lou. À force, avec la pluie, on crevait de froid, moi en tout cas. Justin m'avait donné sa veste imperméable.

– Après, coupa Justin, ce n'était même plus la peine. Le temps était pourri et allait le rester et c'était fichu pour rentrer à l'heure.

– De toute façon, on était perdu, conclut Lou.

– Sans boussole, sans altimètre, hors du sentier et dans le brouillard, tout le monde se perd, dit Justin.

– C'est forcé, confirma Victor.

– Moi, j'aurais été morte de trouille, soupira Valentine.

– C'est exactement ce que j'étais, assura Lou. Mais Justin a été formidable !

Le garçon ouvrit des yeux étonnés.

– Formidable ? Tu parles ! J'étais vraiment pas fier d'être perdu !

– Peut-être, mais sans toi je me demande ce que j'aurais fait !

Justin éclata de rire.

– Sans moi, tu serais restée au lit !

– Je préfère être allée là-haut, déclara Lou.

– Même sans bouquetins ?

– Même sans bouquetins.

– Pourtant, tu as eu très peur, objecta Valentine.

– C'est vrai, mais c'était tout de même une drôle d'aventure ! Et quand vous avez surgi de la brume, tous les six, alors là, c'était... c'était comme dans un film !

– C'est vrai que c'était génial, murmura Valentine. Ça faisait tellement longtemps que Jean sonnait de la trompe, qu'on s'arrêtait, qu'on écoutait, qu'on repartait. Il ne se passait rien et, tout à coup, on a entendu les cris de Justin et puis on vous a vus. Lou blessée, Justin penché sur elle... comme au cinéma, c'est vrai.

– Tu vois, Justin, murmura Lou, même si j'avais su qu'on allait se perdre, que j'aurais aussi froid, que je me tordrais la cheville, je serais partie là-haut avec toi.

Une bouffée de bonheur submergea le garçon, lui mit le rouge aux joues et des paillettes dans le regard.

Il chuchota :

– Moi aussi, je serais monté.

Il y eut un silence que Valentine rompit :

– Et tonton, qu'est-ce qu'il t'a dit exactement ?

– Rien, déclara Justin. Rien du tout. Pas un mot.

– Tatie, elle avait les yeux pleins de larmes. Elle a eu drôlement peur.

– Elle s'est aussitôt occupée de nous, se souvint Lou, elle nous a donné des habits secs, des boissons chaudes. Qu'est-ce que c'était bien ! Le seul moment que je n'ai pas aimé, c'est quand le berger m'a remis ma cheville.

– Tu as vu ça ? demanda Victor. Clic clac et c'était réparé !

– Je n'ai rien vu, protesta Lou, je ne voulais surtout pas regarder.

– Il agit pareil avec ses moutons, précisa Valentine. C'est souvent qu'une bête se blesse... Après, il la descend sur ses épaules, comme Jérôme a fait pour toi.

– Veinarde ! glissa Justin. Ramenée aux Clarines sans fatigue, comme dans un fauteuil !

– Tu parles ! Je mourais de peur.

Lou soupira :

– Quelle journée !

– Misy était drôlement angoissée, pourtant elle ne t'a pas grondée, remarqua Valentine.

Lou secoua la tête.

– Misy ne me gronde jamais. On a beaucoup parlé toutes les deux. De la montagne, de ses dangers, de la responsabilité.

La porte s'ouvrit. Les quatre adolescents tournèrent la tête. Bernard se tenait sur le seuil.

– Lou, tu pourrais rejoindre Nadia et les stagiaires, dit-il, et toi Valentine, va bouquiner dans ta chambre. Vous deux, vous restez là, j'ai à vous parler.

Les filles s'éclipsèrent sans un mot.

Victor et Justin rentrèrent instinctivement la tête dans les épaules. Leur gosier, en un instant, était devenu si étroit qu'ils avaient du mal à déglutir.

– On va bavarder un peu, dit Bernard en s'asseyant.

21

Dans le salon, c'était le silence.

On entendait, au-delà de la porte close, au-delà des cloisons de mélèze blondi, la vie bruisser. Murmures des stagiaires de Nadia, retenus au chalet par la pluie et qui travaillaient dans la salle à manger. Entrechoquements de vaisselle dans la cuisine où Cathy préparait sans doute déjà un dessert pour le repas du soir. Claquement soudain d'une porte, quelque part à l'étage.

Au-dehors, c'était le vent qui tournait autour du chalet comme s'il en cherchait l'entrée, la pluie qui battait les vitres, les chéneaux qui gargouillaient. La lourde respiration du mauvais temps installé comme chez lui sur l'alpage.

Dans le salon régnait le silence et aucun des deux garçons n'avait envie de le rompre.

– Vous n'êtes pas bavards, remarqua Bernard au bout d'un moment.

– Toi non plus, rétorqua Justin.

– Exact. Je digère... Ça a du mal à passer.

– Quoi ? Ta colère contre moi ?

– Contre toi, contre Victor, contre votre inconscience. Il faut vous faire un dessin ?

Ils secouèrent la tête de concert, se regardèrent. Quelques secondes supplémentaires passèrent avant que Justin se jette à l'eau :

– Papa, excuse-moi s'il te plaît. Je... je n'ai pas réfléchi.

– C'est le moins qu'on puisse dire. Et tu es d'autant plus impardonnable que tu as le projet de devenir guide, si je ne me trompe ?

Justin rougit violemment, baissa la tête. Bernard soupira.

– Quand je pense que tu cours la montagne avec nous depuis que tu sais marcher ! Que ta mère et moi t'avons toujours mis en garde, expliqué ! Tu t'es conduit ce matin comme le plus stupide des...

– Arrête, papa, s'il te plaît, arrête ! supplia Justin.

– D'accord, j'arrête.

– Moi aussi, je te demande de m'excuser, enchaîna Victor avec plus de facilité. Et de me punir, vu que j'étais complice.

Bernard regarda les deux coupables. Soulagés d'avoir confessé leur erreur, ils attendaient son verdict. Un sourire plissa ses yeux. Il murmura :

– Pas facile, hein ?

Et comme ils ne répondaient pas, il insista :

– Pas facile de reconnaître qu'on est fautif, qu'on doit payer.

Justin haussa les épaules avec fatalisme :

– Tant pis pour nous ! Mais il me semble que tu devrais être plus indulgent pour Victor vu que lui, ce matin, il était là.

Bernard hocha la tête :

– Il te semble... Eh bien vois-tu, je ne vais être indulgent ni pour toi ni pour Victor. Ni indulgent ni sévère. La punition, c'est vous qui la choisirez, pas moi. Vous qui déciderez. Je vous laisse jusqu'à demain pour réfléchir. Passons maintenant au type qui se balade là-haut armé d'un fusil. Un fusil à lunette, n'est-ce pas ? Vous me racontez. Tout. Depuis le début.

Ils se lancèrent, pleins de bonne volonté, désireux de faire oublier à Bernard la matinée d'inquiétude. Ils se relayaient, ajoutant un détail, se coupant la parole.

Ils arrivèrent au bout de leur récit, un peu essoufflés.

– À quelque chose malheur est bon, comme on dit, conclut Bernard. Si vous n'aviez pas grimpé là-haut sans mon autorisation, vous n'auriez pas vu le bonhomme !

– Qu'est-ce que tu vas faire ? demanda Victor.

– Téléphoner à la gendarmerie de Briançon, bien sûr, dit-il en se levant. Ils enverront sûrement des gendarmes dès demain matin et j'espère bien que votre type se fera attraper. Allez vous reposer un peu : n'oubliez pas qu'à six heures vous êtes attendus à la cuisine.

Il quitta la pièce.

– Qu'est-ce que tu en penses ? questionna Victor.

– De la punition ?

– Ben oui.

– J'aurais préféré que ce soit lui qui la fixe.

– Moi aussi. Je ne sais vraiment pas quoi décider.

– Moi non plus.

Ils se turent.

La fatigue tout à coup leur pesait sur les épaules. Il y avait eu la montée. L'inquiétude. La mauvaise conscience. La peur sous des formes diverses. L'attente.

Mais il n'était pas question qu'ils se reposent. Il les prenait pour qui, Bernard ? Pour des vieux qui font la sieste ? Quoique… S'allonger dans le canapé avec une BD, après tout…

La porte s'ouvrit, Lou et Valentine se glissèrent silencieusement dans le salon, allèrent s'asseoir entre les deux garçons. Lou prit d'autorité la main de Justin, la garda dans la sienne.

– Alors ? réclama Valentine, qu'est-ce qu'il a dit ?

22

C'était la fin du mois d'août et, depuis plusieurs jours, l'été s'essoufflait dans la montagne. Les rhododendrons s'étaient depuis longtemps fanés en bouquets brunâtres ; les anémones aux pétales nacrés n'étaient plus que plumets ; des soldanelles, des primevères, des orchis, ne demeurait que le souvenir.

On trouvait encore des myosotis au revers des sentiers, des joubarbes hautes sur tige, des campanules et, parfois, un beau lis martagon. On trouvait déjà, à foison dans les prés, les colchiques annonciateurs de l'automne et, sur les pentes, les chardons argentés aux tiges courtes, ces carlines qui avaient donné leur nom au refuge.

Si, pour les mélèzes, le temps n'était pas encore venu de voir roussir leur chevelure, en revanche l'herbe blondissait sur les pentes. C'était le temps très éphémère du doré : blond roux de l'herbe, pépites éclatantes des feuilles de bouleau, ocre léger de la lumière quand les ombres s'allongent, en fin d'après-midi. Le temps des jours écourtés, des nuits plus fraîches, de la maturité éclatante avant qu'elle ne se fane.

C'était la fin du mois d'août et Justin songeait sans enthousiasme que les vacances s'achevaient, ce qui signifiait évidemment qu'il faudrait retourner au collège. Classe de troisième. Orientation. Brevet. Et, au bout du compte, le lycée. Il avait beau essayer de chasser ces pensées peu réjouissantes, comme on écarte les guêpes qui tournent autour du verre de jus de fruit, elles revenaient. Accompagnées de l'habituel refrain : « Plus que... ».

Plus que treize jours, confirmait le cadran de sa montre ce matin. Et l'écran de son portable. Et le calendrier accroché dans la cuisine. Et le type des infos à la radio. Et, plus insidieuse, son horloge intérieure.

Justin eut envie de secouer Victor encore endormi, y renonça – ça n'aurait pas été sympa, il n'était que sept heures. Il s'enfonça plus profondément dans son duvet, se fit la réflexion que la nuit avait dû être drôlement froide car la vapeur d'eau s'était condensée presque uniformément sur les parois de la tente. Il aperçut une araignée minuscule qui cheminait le long de la moustiquaire, s'intéressa à sa lente reptation. Puis il l'oublia et laissa vagabonder ses pensées.

Les vacances étaient presque finies, oui, mais qu'est-ce qu'elles avaient été chouettes ! Des vacances tout à fait...

Il chercha le mot, perdit le fil de ses réflexions et s'intéressa de nouveau à l'araignée qui descendait à présent en rappel. Il murmura :

– Ces vacances, elles ont été... exceptionnelles.

D'abord, l'affaire des bouquetins ainsi qu'ils avaient pris l'habitude de la nommer. Il y avait toujours quelqu'un pour dire « C'était une semaine avant l'affaire des bouquetins » ou « Trois jours après l'affaire des bouquetins... ». Et il était certain que, dans trois ans, dans dix, dans vingt, ils dateraient encore les faits par rapport à l'affaire des bouquetins, avec son apothéose : la capture.

Car le braconnier avait été appréhendé. Justin ne disposait, à propos de cet événement, que du récit des gendarmes. Ceux-ci s'étaient longuement entretenus avec lui au téléphone dès que Bernard avait joint la gendarmerie ; ils avaient déclaré qu'ils monteraient dans le secteur le lendemain matin, vu que la météo était bonne : le ciel se dégagerait dans la nuit, ce qui laissait supposer que le chasseur serait à son poste. Plein d'espoir, Justin avait proposé son aide et celle de son cousin. Mais le gendarme avait décliné l'offre, expliquant : « Ce n'est pas votre place et à chacun son boulot, tu comprends ? ». Le garçon comprenait, oui, il aurait pourtant bien aimé accompagner les deux hommes, vivre en direct les péripéties, bref « se payer une tranche d'aventure » comme disait Victor.

Une sacrée aventure ! Ou plutôt mésaventure. Car l'homme, lorsqu'il avait été interpellé, avait rapidement saisi arme et trépied, balancé son sac sur son épaule et commencé à courir.

Les deux gendarmes l'avaient aussitôt pris en chasse.

L'homme, gêné par son chargement, était très loin d'avoir l'agilité des bouquetins. Il avait dérapé sur une plaque rocheuse, s'était mal reçu. Il avait bien tenté de se relever. De repartir.

Déjà, ses poursuivants étaient là.

Il avait une double fracture tibia-péroné.

L'hélicoptère de la gendarmerie l'avait évacué.

L'officier de gendarmerie avait remercié les deux garçons pour leur aide, les avait félicités pour leurs dons d'observation et leur esprit d'à-propos.

Remerciés, félicités, ils allaient pourtant être punis...

Et que proposer à Bernard comme punition ?

– On pourrait renoncer à une partie de notre salaire, avait suggéré Victor. Lui proposer de travailler chacun une semaine pour rien...

– Une semaine ! Et nos économies ? Ton téléobjectif ? Mes nouveaux skis ?

– Ouais. C'est vrai que ça fait cher, avait soupiré Victor.

– Si on annulait nos congés ? Au lieu de se reposer, on travaille !

– Tout l'été ? s'était inquiété Victor.

– Non, pendant un certain temps.

– Il ne voudra jamais, il prétend qu'on a besoin de récupérer.

– Et faire du bois ? Si on lui disait qu'on est prêt à façonner et à ranger tout le bois empilé près de la remise ?

Victor avait réfléchi. Approuvé. C'était la punition qu'ils avaient proposée. Bernard avait refusé de leur laisser manier la tronçonneuse, mais il avait accepté qu'ils rangent les bûches.

Cela leur avait coûté à chacun huit heures de liberté. Deux beaux après-midi. De ces après-midi où l'on bouquine au soleil. Où l'on se met à l'affût sous le vent pour observer les bêtes. Où l'on file à Névache retrouver des copains ou appeler Lou sur son portable parce que plus haut ça ne passe pas et que le téléphone du refuge est « strictement réservé à l'usage professionnel, tenez-vous-le pour dit ».

Lou qui, de son côté, appelait quelquefois, le soir, assez tard. Elle parlait de ses vacances, de la mer bleu turquoise, de la planche à voile qui filait dans le vent, chuchotait des mots d'amour qui faisaient bondir le cœur de Justin. Il murmurait en retour qu'elle lui manquait épouvantablement, qu'il voudrait tellement la revoir...

Un après-midi sur deux, il courait donc jusqu'à Névache. Il pianotait sur son portable, envoyait un texto, écoutait un éventuel message et résistait rarement au bonheur d'entendre en direct la voix de sa bien-aimée. Victor lui affirmait qu'il dilapidait son forfait. Justin haussait les épaules, grognait qu'il s'en fichait...

Un soir, Lou avait téléphoné pour annoncer triomphalement qu'elle avait réussi, dès son retour à Valence, à convaincre Misy de revenir aux Carlines, même sans stage d'aquarelle, juste pour le plaisir de passer trois ou quatre jours au refuge. Misy avait semblé étonnée par le brusque engouement de sa petite-fille pour la montagne, mais elle avait eu le bon goût de ne pas faire à ce sujet trop de remarques. « On viendra juste avant la rentrée », avait dit Lou.

Plus que treize jours jusqu'à la rentrée des classes, comptait Justin, mais plus que huit jusqu'à ce que Lou soit là.

Lou et sa main dans la sienne.

Lou qui sentait les fleurs.

Lou qui l'embrassait si longuement, le soir, qu'il ne parvenait plus à la quitter.

Il l'emmènerait voir les bouquetins et les marmottes. Il lui montrerait tous les coins qu'il aimait. Il lui dirait peut-être les poèmes qu'il avait écrits pour elle. Victor les prendrait en photo...

Il faut avouer que son père avait été sympa. Lorsqu'ils avaient enfin accompli leur punition, Victor et lui, il leur avait déclaré que, le braconnier ayant été arrêté grâce à eux, cela méritait une récompense. Il se proposait donc de leur octroyer une avance substantielle sur leur salaire de l'été.

Il les avait emmenés acheter à Briançon, avec ladite avance, le matériel d'optique dont rêvait Victor et les skis paraboliques réservés par Justin au mois d'avril auprès de son vendeur habituel.

Ça, c'était vraiment sympa de sa part.

Lou serait épatée.

Plus que huit jours…

Où était passée la petite araignée ? Justin écarquilla les yeux, dut se rendre à l'évidence : elle avait disparu.

L'AUTEUR

Roselyne Bertin est née à Marseille en 1947. Après ses études de lettres, elle a enseigné comme professeur de français à Marseille puis en Franche-Comté, dans un collège du Doubs, et vit actuellement dans la Drôme. Elle a publié plusieurs livres pour les adultes et pour la jeunesse. Elle mène sa carrière d'écrivain tout en continuant à enseigner et à parcourir à pied les sentiers de randonnée. Ses autres loisirs préférés sont le ski, la lecture, le théâtre, le cinéma.

L'ILLUSTRATRICE

Camille Meyer est née à Colmar en 1964. Après un séjour aux Beaux-Arts de Mulhouse, elle rejoint l'atelier d'illustration des Arts Décoratifs de Strasbourg.
Après avoir travaillé dans le domaine scolaire et publicitaire, elle découvre l'univers du livre pour la jeunesse : à chaque fois une autre histoire, un autre monde... et de nouvelles images.

Aubin Imprimeur
LIGUGÉ, POITIERS

Achevé d'imprimer en France en janvier 2006
N° d'édition 4318 / N° d'impression P 69591
Dépôt légal février 2006 / Imprimé en France